妾劫歌

上◎部

輕雷

琉玄·著

蜉蝣·繪
琉玄·著

ZUI

Zestful Unique Ideal

最世文化

Shanghai ZUI co.,Ltd

妄劫歌

上 部

輕雷

琉玄 著

东风斜倚，绿萝衫，纤指弄弦，空弹琴声慢。

柳沾碧水，梨花散，青丝拂面，欲与泪相缠。

璧人抚筝临月声淡，良人何以再不归，独留孤心对空案。

朝伴苍雨，夜烛泪，墨玉深邃，形只影孤单。

青青豆蔻，年华乱，虽有相思，无奈两情断。

婵娟佳人芳心暗许，纤云有情风无意，倦待苍茫不敢怨。

唯惜了对君痴心妄念久，溺愁残阳叹。

《许风叹》
/
琉玄

【目　录】

序曲

琴无琴踩在千年老树的壮实枝丫上，正要屈膝坐下时听到了响亮的羽翅扑腾声，她动作迅猛而警觉地仰起头，只见头顶那万里无云的湛蓝天空中有一大排列队整齐的灰鸽正乌泱泱飞过，她随即下意识背过手去摸了摸空荡荡的后背，又立刻视线朝下方扫了一眼，果然她的弓箭刀具和装着果实野兔的竹筐，留在了地面没有带上树来。

　　她懊恼地"啧！"了一声后，随手折下身边一截细枝就朝鸽群投掷过去，娴熟的技巧和精准的力道使得枝木好似一支利箭般射出一道漂亮的弧线，但总归不及飞鸟的高度，后劲不足地软塌塌坠了下去。

　　琴无琴皱眉撇嘴地轻叹口气，但又立刻换上一副无所谓的神情，身体一斜就稳稳当当地侧卧在足有象腿般粗的树枝上，从袖口里掏出个青翠光滑的大青枣来，往粗布衣服上随意擦了擦，就咔嘣一声咬了一口，满足地眯起眼来。

自从她儿时发现了这棵远离茂密树林独自立于崖边的巨树后，几乎每日都来攀爬，初始总是只到半途就摔下来，实在是太高了，仿佛直通天际。足有大半年后，她才终于登顶，因为上得去下不来而被困在其上三天三夜，直到她的母亲找过来。

如今年满十六岁的琴无琴早已不是昔日儿童，脏兮兮灰扑扑的衣物遮不住她的白肤红唇，一头乌黑长发随性束起，细长手脚露在扎起的袖管长裤外，那看似细弱无骨的手臂脚腕犹如被白羽覆盖般在日光下熠熠生辉。如若不是隐居深山不入尘世，即使不是大家闺秀，哪怕只是一介市井屠夫的闺女，依她现今的容貌也必定会掀起青年才俊们的一阵汹涌追逐。

只是她生性好动，又练得一身杂乱无章的武艺，使得行为举止难免显得有些粗鲁，远远看上去仿若贪玩的少年。

她吃完枣子，将嘴里的枣核"噗"一声吐了出去，用手背马虎地抹了抹嘴后茫然地眺望远方。从山顶朝下望，是一面如镜碧湖，稍远些是一片郁郁葱葱的柏树林，更远的地方是一座以远山为界的城镇，各色砖瓦的民宅屋顶接连成片地相接，形成好像更辽阔、更多色彩变幻的湖面。

虽然琴无琴从未亲临其境，但她常常如此独自枕在树上观望，在一日之中的正午和日落西山时，只要光线不算太烈，能看见无数柱状的炊烟袅袅升腾，她知道那是家家户户都在做饭，相距千里，她似乎也能嗅到那些饭香，听见街道窄巷里的人声由清晨的鼎沸到夜间如烛火般逐渐熄灭。

在山上的日子除了狩猎和练武之外，闲来无事的琴无琴就靠幻想山下的日子打发时间，她想如果有机会让她去市集里玩上一天，定要一早出发，赶上沿街摆摊的小贩才开始搭棚子摆椅子，烧上一大锅热水，挪起比人高的蒸笼，直到起早的人们纷纷走上街头，云雾便在摊位上蒸腾起来，她这时便可以随着食客们纷纷落座，听贩子们吆喝今儿个有什么馅的包子馄饨，难得有这个机会，她自然要每一道都尝尝。

上每个小摊都转一圈吃饱了后，差不多也日上三竿，只要跟着人流走就能去到最繁华的中央街上，能见着露天支起店旗的摊贩挤挤攘攘地占了一圈地卖着胭脂手绢小玩意儿等，穿着花色衣裙的女客们把这一带围得水泄不通，讨价还价的尖细嗓门和打趣嬉闹的银铃笑声不绝于耳。

琴无琴对这些女儿家家的东西不感兴趣，她会朝多是男人聚集的地方去凑热闹，那边被人群包围起哄的可能是正在耍刀舞剑的江湖艺人，或是斗鸡赌博的刺激场面，如果她手头有点零钱，又被气氛感染指不定就赏人几个小钱，或是随便下个赌注试试运气。

即使什么也不做，远远站在一边观察这些喧嚣景象，单是如此就够她乐上一整天。

只是将这些画面绘声绘色描绘给她的母亲，母亲却对她下了一生不得下山的禁足令。

平时需要采购山中所没有的物什时，都是母亲用斗篷将周身上下遮得密不透风，一个人趁着日出之前或是夜深人静时下山去买来——她有许多钱，就藏在母女同睡的木板床下——琴无琴问到这些钱打哪儿来的，母亲会说是她过去连同还是婴孩的琴无琴一道带上山来的，再问"那为什么要一个人跑到山上来呢？"——她便不再接话，或是含糊其辞，追问得紧了，甚至会生气。

关于母亲，琴无琴只知道她过去是名歌女，弹得一手好琴，只可惜技艺仍在却无琴可抚，便给琴无琴取了这么个充满了各种怨想的名字。

虽然母亲已经过世了整整一年，琴无琴已经能自主一切生活琐事和未来，却是半步也未逾界，还没从丧母之痛里缓过来的她只想遵守母亲的遗愿，在这不见人迹的深山老林中过一天是一天。

现在的她还想象不到人生将有多漫长。

山下真有那么可怕？她在树枝上坐直身体，眺望神秘的远方，怀疑母亲的话里有几分真假。当她提起过去时面上分明也都是怀念的神情，可是一旦琴无琴提及能否带她去见上一见山外光景，她便即刻拉下脸来，恐吓她说人间人心如凶鬼豹狼，会把她们一双无依无靠的柔弱母女吃干抹净，尤其是不谙世事的琴无琴——

"你生得这般美，若是涉足红尘……你定会吃尽苦头，看尽世态炎凉。"母亲常常捧着琴无琴的脸叹息，"为娘实在舍不得。"

琴无琴不懂分辨美丑，母亲既说她美，她就姑且当自己是天下第一美了，因为照母亲的意思，是她的脸碍着她下山。

直到临终，母亲已混浊不清的双眼仍是执拗停驻在琴无琴的脸上最后一次嘱咐，不得入世。

"罢了。也不是非去看一眼不能活。"琴无琴边自言自语，边一手扶着粗糙的树干站起身来，欲转身下树的动作因为听到风中捎来草叶沙沙翻响声而顿止，似兽又似人的脚步疾驰声叫她警惕地竖起耳朵，静心凝听不足一会儿工夫，就见一团身线流畅的黑影由树根下绕干而蹿上，直扑向她。

琴无琴心下大惊，她想这样快的身手不会是任一类山间野兽，但也不大可能是人，天知道她日以继夜、没完没了、因种种原因上下各种离奇形状的树木所练就那速度根本无人可比。

直到那玩意儿猛地冲进她怀里，胸口被撞得吃痛的她花费了一番时间才看清楚是只身负重伤的狐狸，殷红鲜血在它通体雪白的皮毛上非常惹眼，不足半个巴掌大的小脸上生着一双金色细长的眼睛，好看得像画里的仙宠，完全不似琴无琴平日在山里见惯的那些浑身尘土的棕红狐狸。

因为受到毫无预兆的冲击而脚底不稳的琴无琴从树上掉落，直挺挺地就往千丈山下的湖泊跌去。她一时还无知觉地与狐狸双眼对视呢喃道："啊，你长得真好看……"话说一半，才意识到自己身体完全失控于空中，她转头看见碧波盈盈的湖面转瞬将到眼前，慌忙抱紧了怀里的狐狸，闭眼埋头在它温热的毛皮里灰心丧气地想：完了。

在身体坠入湖底前，她终于明明白白地后悔自己竟没有去那万恶红尘里走一遭。

第一章

離崖

【一】

像是经历了七天七夜那么长的无梦之眠，琴无琴花了相当漫长的时间才睁开双眼，意识朦胧中听得耳边一声少女惊呼："呀！大小姐醒啦！"

直到纷乱脚步远去后，在一阵宁静中，她感到四肢钝乏，左右侧了侧肩膀，好半天才恢复了肌肉知觉，艰难地撑坐起来，看见自己身上盖着十分素雅的嫩芽绿色缎被，转过脸去只见方方正正的房间里铺的是墨石地板。

琴无琴困惑四顾，即使没见过世面的她也能从贴墙放着的几件铮亮的紫檀木家具，和梳妆台上繁杂不乱的各种精雕细琢的细碎摆件中，隐隐感到何谓富贵之气扑面而来，这里很显然不是她在山上和母亲相依为命的茅草小屋。

她吸了吸鼻子，雕花窗外的翠竹清香沁人心腑，挽起鹅黄睡袍的宽袖，露出一截剔透皮肤，只见软嫩的腕子和手指的骨节凸起处是健康的淡淡粉色。她还活着，且完好无损，甚至可说在昏迷中，她的身子得到了相当周到的照看，从自己皮肤上透出的一阵阵清甜花香直叫琴无琴有些目眩神迷，并不能立刻确认眼下这具身体是否是自己熟识的肉体。

待琴无琴正想下床伸展手脚，一串纷叠急躁的脚步声由远及近，来者至少五六人，叫她立刻如惊弓之鸟般缩起身体，捏紧了拳头摆出意欲迎敌的架势。

领头踏进门槛来的是一个身材普通但气质儒雅大方的中年男人，从他身着绸缎华服和被身后人左右簇拥的气势来看，应当是这座宅子的主人。他几乎是迫不可待地扑到床前来握住琴无琴的手，以布满血丝的双目盯着她的脸重重叹了口气道："遥儿，你……"

他看起来心神不定，欲言又止地又叹口气，捏紧了她的手说："回来就好。"

又一名穿着素雅被丫鬟搀扶着进来的年轻妇人，踏着小碎步飞快来到琴无琴的床沿边坐下，情真意切地以一双泪目注视着她滔滔不绝地诉说起关切话语来："遥儿，你可算醒了，你知道为娘有多担心你就这么……就这么一睡不醒吗？"说到心惊之处，她忙拿手背抹去眼泪，又笑起来去抚摸琴无琴空出来的另一只手，"还好还好，老天保佑。"

不等一头雾水的琴无琴细问，她就从这位一进门来嘴就不曾停歇的妇人处得知了整个来龙去脉，自己此刻是他们已失踪半月有余的女儿，在七日前的子夜时分突然浑身湿漉漉地昏倒在家宅大门前，接着就陷入长眠，府里随即请了城中全数无论好坏的大夫甚至乡野神婆来，都看不出任何毛病。

等妇人絮絮叨叨结束，期待地看着琴无琴似想听她回应什么，她才咽下一口口水，想解释：可我不是你们的女儿，我娘名叫——

奇怪的是她张了张嘴，竟无法发出任何声音，就像声带被人用手像收紧一个口袋般狠狠掐住。

别说话。

脑海里清晰明确地传来一声三字喝令。

琴无琴受惊地抽出被她这天降父母双双握住的手，一手托住额头，一手捂着喉咙，又张嘴卷舌试了试，愣是一丝声音也吐不出来。

从她惊惶神色举止察觉到问题的母亲急忙转过脸去冲一旁候命的人叫道："大夫！你快来看看我家遥儿，她为何说不出话来？"说罢拉着床前的丈夫让到一边。

散发着艾草气味的老大夫得令便探身过来，为琴无琴简单地把脉抚额后，退到一边摇头表示大小姐身体无恙，恐是受过惊吓，多休息静养几日后便会逐步好转。

闻听此言的夫妇只好别无他法地留下最初伺候在旁的一名丫鬟在屋内，令其他下人通通离开，又安抚了琴无琴几句后，才为了留给她一个舒适安静的环境，依依不舍地离去。

"遥儿，你好好休息，不要想太多心事。"父亲临走前眼神复杂地回望了她一眼。

等屋里没人了，琴无琴才突然轻轻地"啊"了一声，吓得正要从水盆里拧干毛巾来为她擦拭面上汗珠的小丫鬟叫出声来，她跳来床边问："大小姐，你能说话了呀？"

琴无琴自己也很意外地又试了试，"嗯？啊——哦——咦？可以了。"随即抬眼劈头就问穿着桃红衣衫的丫鬟，"你叫什么名字？"

"大小姐在说笑吗？"小丫头个小脸小，性子也还小的她不掩真情地笑起来，见自家大小姐依旧一本正经地盯着她才收了声，奇怪地接话，"桃红，还是大小姐给赐的名呢，我打八岁那年进了秦府就一直侍奉在你身边呀。"

"哦，那我爹娘又叫什么名儿啊？"

琴无琴这一问出口，桃红双手捂在胸口"啊？"了一声，满脸震惊。

你是猪啊。

——脑海里的声音又出现了。琴无琴决定暂且不去管它，过去在山中爬树时掉下来磕到头后也曾出现过晕晕乎乎神志不清的经验，所以她以为是自己伤到了脑袋，倒也因此灵机一动对桃红道："我想不起任何事来了。"

"呀，你这是失忆了！"桃红自作主张地替琴无琴解释，"难怪方才不说话，是怕叫老爷夫人伤心吗？"

琴无琴顺理成章地点点头，未免露馅就不再多话，听桃红说明起来。

这里是东莲国境内边城烨津镇，在国内的城镇中距皇城最为遥远，虽然本土物质不算贫乏，但因西边毗邻南雕国，常处于战事一触即发的状态，所以镇上人民生活得有些提心吊胆，整体生活水平谈不上富裕。

但是琴无琴此时身在的秦府却是祖上三代经商，在镇上占地面积最为广阔的富豪大家，主做布料皮具生意，到老爷秦许功这一代，因为迎娶了本地另一富商之家的千金顾喜善，由此得到巨大的财力支持后又衍生出珠宝玉器、古玩珍奇的买卖来，使得秦姓招牌在国内的商贾圈中早已远近闻名。

接着不等琴无琴问桃红这秦家大小姐的名字，嘴快的丫头便已告知她秦老爷膝下共有一位千金一位少爷，名唤秦慕遥和秦雪筝。

桃红说罢，又担忧地问："大小姐总不会连自己的名字也忘了吧？"

"还真是忘了。"

见琴无琴起身下床，桃红赶忙拿过来一件孔雀蓝外衣来要伺候她穿上，岂料琴无琴随手接过去动作麻利地往身上一套，将腰带简单地打了个结就朝屋外走。被她这与往日全然不同的敏捷而随便的举止惊到的桃红先是一怔，随即急忙追上去跟在后面手忙脚乱为她整理妥当。

路过梳妆台时见到镜子里披发的自己，琴无琴不免愣住，因为她平时图个干活方便，总是把长发绾起来束在脑后，此刻见到这看起来苍白虚弱的模样很有些陌生，但好歹还是自己那张脸，没伤没疤的。

从那么高的山上掉进湖里竟然没缺胳膊少腿也没毁容，她想许是苍天不负有心人，自己这么多年来坚持习武练功终于获得一身粗筋铁骨，很有些心中得意地推门走了出去，见眼前是个小型庭院，错落有致地种植着许多花草，多是樱桃粉色，风雅中带有些女孩稚气，好看别致。

只是琴无琴完全没有赏花闲情，她摸着肚子回身问桃红："厨房在哪里？"

【二】

离开了秦慕遥的闺房后，秦老爷和夫人回到会客偏厅里争执起来。

顾喜善坐在茶桌边的红木椅上，怪责又疑惑地瞪着秦许功道："遥儿醒了，当然要立即差人去通知御王爷，他也挂心多时了。"

站在厅中的秦许功似有许多顾虑般背着双手在屋内踱步，口中念念有词："不要急，遥儿才醒转过来需要一些时间缓和，要是见了御王爷太过激动，对她此时的身体恐有伤害。"

"怎会的，遥儿向来恋慕御王爷，见了他后心情一好，这身体康复得更快。就你顾虑多。"

"当心总是好的……"秦许功刚要转身说服顾喜善，身后的下人就来到门口通报，丫鬟桃红来了。

秦许功心想不是叫她留在遥儿身边好生看着吗？莫非是遥儿出了什么状况？不等跨进门来的桃红喘气，他和夫人顾喜善就异口同声急问道："大小姐怎么了？"

"大小姐她像是变了个人。"桃红脚下还没站稳就涨红着一张小脸，又忧又怕地疾呼出声，"她真的失忆了！"

长江文艺出版社有限公司北京图书中心•上海最世文化发展有限公司出品

北京长江新世纪文化传媒有限公司总发行

青春文学

原创漫画

期刊

长江文艺出版社有限公司北京图书中心·上海最世文化发展有限公司出品

北京长江新世纪文化传媒有限公司总发行

名人励志

姥爷	蒋雯丽	34.80元
虚实之间	芮成钢	32.00元
幸福了吗？	白岩松	29.00元
痛并快乐着	白岩松	29.00元
幸福深处	宋丹丹	22.00元
两生花	沈星	22.00元
咏远有李	李咏	25.00元
长天过大云	姜文	49.80元
骑驴找马	姜文	49.80元
墨迹	曾子墨	22.00元
心相约（新版）	陈鲁豫	22.00元
我把青春献给你（新版）	冯小刚	26.00元
如果 爱（新版）	冯远征 梁丹妮	26.00元
时刻准备着	朱军	19.00元
我的世界我的梦	姚明	25.00元
我的诺曼底	唐师曾	29.00元

名家名作

书名	作者	价格	书名	作者	价格
大故宫	阎崇年	32.80元	文明的远歌	熊召政	28.00元
大故宫2	阎崇年	32.80元	狼烟北平	都梁	30.00元
大故宫三	阎崇年	36.80元	亮剑(新版)	都梁	38.00元
我不是潘金莲	刘震云	29.80元	血色浪漫（新版）	都梁	38.00元
温故一九四二	刘震云	29.00元	荣宝斋	都梁	36.00元
一句顶一万句	刘震云	29.00元	包容的智慧	星云大师/刘长乐	28.00元
我叫刘跃进（精装）	刘震云	29.80元	雪冷血热（下）	张正隆	40.00元
一地鸡毛（精装）	刘震云	32.80元	雪冷血热（上）	张正隆	40.00元
手机(精装版)	刘震云	25.00元	大帅府	黄世明	28.00元
双城生活	王丽萍	28.00元	朝花夕拾	鲁迅	12.00元
货币战争4	宋鸿兵	39.90元	呐喊	鲁迅	14.00元
突破缅北的鹰	萨苏	39.80元	草样年华·壹·北X大的故事	孙睿	28.00元
穿"动物园"的女编辑	赵赵	29.80元	草样年华·贰·后大学时代	孙睿	28.00元
狼图腾	姜戎	39.80元	草样年华·叁·跑调的青春	孙睿	28.00元
蜗居	六六	25.00元	草样年华·肆——盛开的青春	孙睿	28.00元
偶得日记	六六	20.00元	高地	徐贵祥	25.00元
妄谈与疯话	六六	22.00元	新狂人日记	王朔	25.00元
苏小姐的婚事	六六	39.80元	鲁迅回忆录	许广平	32.00元
小情人	六六	28.00元	三毛的最后一封信	眭澔平	39.80元

实用指导

你吃对了吗？	于康	33.00元
好孩子：三分天注定，七分靠教育	洪兰	32.00元
重返狼群	李微漪	35.00元
长大不容易	卢勤	28.00元
生命沉思录	曲黎敏	29.00元
黄帝内经·胎育智慧	曲黎敏	29.00元
黄帝内经·养生智慧	曲黎敏	29.00元
黄帝内经·生命智慧	曲黎敏	29.00元
从头到脚说健康	曲黎敏	29.00元
从头到脚说健康2-健身气功与养生之道	曲黎敏	29.00元
从字到人（养生篇）	曲黎敏	29.00元

文集

货币战争文集	宋鸿兵	288元
鲁迅大全集（全33卷）	李新宇 周海婴	3600元
《大故宫》精装珍藏本	阎崇年	380元
曲黎敏健康养生大全	曲黎敏	1999元

原来当琴无琴说她失忆时，桃红还自以为是大小姐想逗她玩儿，半信半疑之余却还是感到有些意思地配合起来，跟在她身后时不忘口若悬河地介绍周边的房间是作何用处，哪儿是通往正厅的大道，哪儿是老爷夫人的宅院，哪儿是下人们的栖所，那边那株柳树是大小姐出生时种下的，这边小桥下漂浮着许多荷叶莲花的池塘中养了多少大有来头的名贵锦鲤。

从未见过如此繁华盛貌的琴无琴全程都在啧啧称奇，但也不忘不住催促桃红快些带她去厨房里找些食物立即填满她饿得塌下去的肚子。

嘈杂的下人聚集的厨房哪里是尊贵大小姐能去的地方，桃红实在说服不了她这位仿佛脾性大变的小主子待在房里等人做好糕点送来，只好听令引路。

来到厨房门前，琴无琴见有一伙男人正围成个圈聚在门口小院里，因为他们穿着两款不同的服饰，她猜藏蓝宽袖短袍的是下人，腰间系着围兜手臂上套着袖套的是厨子。桃红抢到她身前朝他们吼："大小姐来了！"

这一嗓子叫男人们手忙脚乱地将摊在石桌上的骰子和赌资收进怀里，一字排开来弯下腰齐声道："大小姐！"其中有两个新来的年轻小伙子从未见过秦府大小姐，得此机会便抬眼偷瞄，这一抬，半晌忘了眨眼。

饿极了的琴无琴掠过他们身边径直朝厨房里走去，边扬声问："有什么能吃的？"

被留在身后的下人们为她的爽朗言行感到奇怪地面面相觑。年轻的小伙子冲身边一位老厨子低声嘀咕："大小姐果然美得像天上的仙子，嗓音也好听得像是百灵鸟儿的歌声，不过个性好像不如传说中的沉静？"

"我也就有幸见过几面，哪里知道大小姐是什么样的个性，她自小到大就从未来过这烟熏火燎的地方，今儿这是怎么了？走，看看去。"老厨子领着一众人等跟着琴无琴进了门。

不等桃红向厨子们发话，琴无琴已经开始在过分宽敞的厨房里沿着灶台和储物架一路翻箱倒柜，拿起簸箕里洗好的萝卜土豆看了看，执着地在嘴边比了比又放下，接着扫了眼成串挂在窗前的鲜红生肉，想到不能立即吃上一碗萝卜土豆烧大排配米饭就沮丧地垂下头去，倒刚巧让她瞅到了躺在案上被白纱布盖着的三排二十四个小巧肚圆的生饺子。

"这是什么馅的？"

她惊喜之余转头看向桃红，却是她身后的老厨子立马搭话："猪肉大葱。"

"嚯，好极了！就算是荠菜馅的也好哇。"饿极了的琴无琴哪里在乎眼前的饺子是荤是素，她边问话手里就操起饺子来全数扔进了正滚着沸水的锅里，然后又从碗橱里拿出个海碗来，待饺子翻上水面后便在恰到好处的时机用笊篱捞上来。

一只只饺子的皮因为煮得火候得当而晶莹通透得像是椭圆珍珠，看得琴无琴食指大动，也不顾烫手，站在锅边端着碗就吃上了。

本应十指不沾阳春水的秦府大小姐此刻站在下人聚集的厨房里，动作流畅而熟练地为自己煮了一大碗饺子，这画面直叫在场人目瞪口呆。

一向素喜清淡的大小姐从来就不爱吃饺子，更别提会在口中留下异味的猪肉大葱馅！桃红几次想开口询问琴无琴真的没问题吗？吃得惯吗？却见她一口一个，吃得喜上眉梢，不禁心中隐隐打起鼓来：连口味都变了，莫不是真的失忆了吧！

狼吞虎咽的琴无琴吃着碗里的还不忘朝厨子们发问："还有什么现成能吃的吗？"

下人们一时没从眼前这仙女吃饺子的画面里缓过神来，直到老厨子催促呆若木鸡的他们快些找找，一个年轻厨子才从伞形菜罩子下找到一盘码成小山的糕点犹豫地说："这里还有昨夜剩下的一些豌豆黄。"

桃红见状立即冲他尖声发作："你疯了，给大小姐吃隔夜的糕点——"

"那是什么？没吃过。好，拿来。"琴无琴却无所谓地打断她，豪放地用手背抹去嘴上的油道，"还有什么都拿来！"

这岂止是失忆，根本就是换了个人呀！桃红这会儿才真的被自己的主子吓到六神无主，转身就跑去将这不得了的情况通报给老爷夫人。

秦许功听了桃红这番说辞，再三向她确认，"真的失忆了？"得到了小丫鬟拍胸脯跺脚又咬牙的激动担保后，他倒像是隐约松了口气似的，吩咐一边候着的下人将大小姐醒了的消息去速速通知御王爷。

【三】

住在山上的琴无琴和母亲在她们的小茅屋外开了一方小田，在其中种上了好养活的土豆萝卜大白菜等蔬菜，带着露珠摘下来加上平日琴无琴打猎来的山间野味一通乱炖，也算吃好吃饱，偶尔琴母下趟山去置办米面油盐时也会带些山中没有的食材，却从未带过小吃糕点。

如今吃过了豌豆黄，琴无琴舔着手指肚上的软糯残留，立即明白了母亲的处处小心，要叫她知道山外有这般口感精细清甜的美味存在，琴无琴怕是早已生出鸟儿的翅膀来飞了出去。

如果说饥肠辘辘时的琴无琴因为手脚无力还显出些气虚娇弱的模样，现在填了个半饱的她总算恢复了生机——甚至有些恢复过了头——完全忘了她现在是何身份，坐在厨房的长板凳上不老实收拢双脚，愣是一只脚蜷起来踩在凳上，一手搭在膝上，一手捧着瓷碗喝水，配上她那细胳膊细腿的模样这坐姿叫下人们眼睛不知该往哪里搁，这根本就是个平民家出身的淘气少年，哪里有传说中仙女下凡般的端庄气质。

并不尽兴的琴无琴询问满屋人都会做些什么糕点，老厨子抓耳挠腮地起个头说"芸豆卷、马蹄糕……"后，其他人便像接口令似的追加起来，"萝卜糕！""皮蛋酥！""蜂巢香芋角！""冰肉千层酥！"……

听得琴无琴直咽口水，她扬手挥挥道："好啦好啦，你们现在开始做你们最拿手、觉得最好吃的点心给我吃，我就在这儿等着。"

闻听此言，没想到向来体弱多病的大小姐竟这么能吃的下人们呆在原地，直到琴无琴拍了拍手催促"快呀！"他们才纷纷动起来。

接着琴无琴似乎嫌厨子们动作太慢满不足不了她似的，走到一张空灶台前从鲜肉里挑出一块肥多瘦少的肉来扔在案板上，卷起袖子就要给自己做一道红烧肉，却被脑海里的幻音打断了动作。

好想吃油炸豆腐配烧酒。

豆腐？琴无琴眨了眨眼想，怎么我会想吃豆腐？那种不荤不素的东西哪儿好吃了？她摇了摇头，拾起手边的菜刀就要继续处理案上的肉，那幻音却又闹哄哄、一浪接一浪地响起来。

我要吃油炸豆腐配烧酒！
我要吃油炸豆腐配烧酒！
老子要吃油炸豆腐配烧酒——

"哇！"琴无琴被这从自己身体传来的另一个人声吓得惊呼，惹得周围人投来视线，她也无暇顾及地抱着脑袋自问，"谁？是谁？"

蠢货，不要惹人注目。

无须幻音提示，并不想被当成脑子有病的琴无琴朝下人们摆了摆手示意他们该忙的忙，等各种锅碗瓢盆碰撞声再起后，她才压低嗓音问自己——"你是谁？"——问完这话，她自己都怀疑自己脑子有病了。但那把幻音却真切地给了回应：

你无须知晓我名姓，本少爷只是借你这健壮蛮牛的身体暂居而已。

"哦？"琴无琴心里有了主意地眯起眼睛，她想过自己要么是脑子磕坏了要么是鬼上身，现在看来估计是后者了，她可不认为自己能有这么恶劣又幼稚的另一面性格。"有烧酒和豆腐吗？"她朝临近身边的一个厨子道，"拿来。"

以前琴母买过豆腐回家，手把手教琴无琴如何料理，她第一次见到这白软方正的豆腐觉得很是新鲜，但喜欢肉食的她不是很爱吃，母亲便买得少了，不过为了自己过世之后女儿能独立过活，也强迫她把从如何制作豆腐到煎炸蒸煮的方子都记好了。

经过母亲十数年调教的琴无琴做得一手好菜，油炸个豆腐简直轻而易举，她手起刀落将一大块毛豆腐噔噔噔切块下锅，炸至发起呈金黄色后撒下一把去腻的薄荷叶，同时另起一个锅做出了一碟油亮的红辣子，在其上撒满白芝麻后，那边厢的油炸豆腐便可捞出控油了。

端坐在桌前，盯着桌面上一盘还在吱吱作响冒着油花的炸豆腐，琴无琴手里举着筷子就是不下手夹，她在等脑内那把声音的主人着急，果然没多一会儿对方就催起来：吃啊！

琴无琴满意地坏笑："说你是谁，想干什么。"

又没了声。她便夹起一块豆腐蘸上喷香滚热的油辣子，放在眼前端详自语："哎呀，看起来真好吃啊。"

——对方赌气般沉默了良久后才终于放弃坚持地自报家门：

本大少爷便是颠世狐妖，花昭锦。

【四】

日落后，秦许功第三番来到秦慕遥的闺房门前，见丫鬟桃红百无聊赖地立于桃花树前逗弄笼中的红点颏，便奇怪地问："大小姐还在睡？"

"嗯，像是还没醒呢。"桃红转身看一眼紧闭的门窗后向老爷回话，"大小姐叫我守在外边就好，说是身体不舒服，不想被人打扰。"

"这丫头……御王爷可是为了见她特地快马加鞭赶过来。"秦许功沉吟一会儿后叹口气道，"也是，毕竟刚刚醒转又失了记忆，真是难为这丫头了，便叫她好生休息吧。"他对桃红吩咐，"你也别守在这儿了，去叫其他人来看着，你带上几个手脚麻利的人去伺候御王爷大人，叫厨房备上他爱吃的酒菜。"

一听说能见着御王爷，桃红立即满面春光地点头答应，旋即转身跑去办事。

此刻的琴无琴正头晕脑涨地趴在床上等酒劲过去。

在厨房里，她吃了一口油炸豆腐后，听寄宿在自己体内的狐妖抱怨说他尝不到味道，一时戏弄心起更是故意吃得津津有味，嘴中啧啧称赞的同时顺手拿起一边的烧酒像喝水般咕咚咕咚连连咽下三大口后"扑哧——"一声喷出来，咳得眼泪横流骂道："咳咳……这……咳咳……叫烧酒的玩意儿……呕！咳咳……是哪儿的山泉水？这么呛人！太难喝了。"

本想调戏花昭锦的琴无琴反倒把自己弄了个狼狈，她脑子里的那把声音于是狂笑起来。

琴无琴没空搭理他，忙吃掉一整盘豆腐压惊，没一会儿就开始感到面红心慌手脚发软，她双手捧着滚热的面颊跳起来惊呼，"这……这难道就是我娘曾经说过的——中毒！——王八蛋，你竟骗我喝下毒药，快将解药交出来。"她这后半句是对花昭锦说的，但周遭下人们以为是对他们说的。

"大小姐，你醉了！"年长的厨子迎上来，伸手想去搀扶琴无琴，半路又感不妥地收回了手，冲旁人叫起来，"快，快叫人扶大小姐回房休息。"

醉了？什么叫醉了？琴无琴想起母亲常将一句呢喃自语挂在嘴边："长情恰似一夜梦，红尘宛若一场醉。"说这话时，她神色落寞，但偶尔又面带浅笑。
琴无琴问她："娘，你是在伤心吗？"——母亲回答不是。

那——"那是高兴？"——也不是。

琴无琴糊涂了，虽然她从未沾过酒，也不懂醉的感觉，但她猜所谓醉了，就是不悲亦不喜，脑子里模模糊糊、朦朦胧胧的感觉吧？

就像现在。

她趴在床上哼哼唧唧，"什么破玩意儿，就算叫我喝稀泥也再不喝它了。"

你这山间野人喝不惯这人间最好的东西硬要说不好，真糟蹋，屁也不懂的小鬼喝水就够了。

面对花昭锦的哈哈笑声，琴无琴坐起来指着自己的鼻子气哄哄骂："死狐狸，你再笑，我不帮你了，你就困在我身体里一辈子吧。"

别忘了是谁保你性命！

"嚯！"琴无琴听罢此言，更是来气道，"要不是你！我能从山上摔下去吗？"

在琴无琴的油炸豆腐攻势下，花昭锦总算老实交代，原来他就是那日在深山老林中冲进她怀里的狐狸。当他们一同跌进湖中时，花昭锦为保在半空中已然失去意识的琴无琴之性命，便使灵魂脱离野兽身躯钻进了她这一介凡人身体，最终以法力保全二人安然无恙。

当时我正遭人追杀，哪儿有的选择，你以为本少爷想被困在你这小野人的身体里。

"得了吧！你就是设计害我。"琴无琴辩驳，"因为我长得和这秦府大小姐一模一样。"

花昭锦本是被秦府大小姐秦慕遥豢养身边的宠物，直到秦慕遥毫无征兆地从大宅里失去踪影，他于是循着她的气味踏上寻找旅途，却在半路不巧遇到一个法力高深莫测的除妖大师，实力悬殊的他被对方重伤，情急之下想起一个流于市井间的传说便跑进了庶红山。

这传说是由一个阔绰子弟传开的——都说距烨津镇一湖之隔的庶红山上得去下不来，就算是资深猎户最多也就敢爬到半山腰上，生怕迷失在林木繁盛遮天的山中成为诸多迷途鬼魂中的一员——而这位富家子却偏不信邪，带着一众家仆进山打猎，更放下要一登山顶的豪言。

他们一众人等自是毫不意外地迷了路，既找不到上去的坡也找不着下山的道，在山中兜兜转转了三日二夜，直到富家子口中"和秦府大小姐秦慕遥长得一模一样"的女鬼出现才有转机。她在树木之间身轻如鸟儿般穿梭飞翔，将他们引向能见来时小径的山脚后才转瞬消失不见。

消息传开去后，几个采草药人也站出来添油加醋，说他们也曾遇见浑身漆黑但脸庞生得极美，像极了秦府大小姐的女鬼，在他们不慎迷路时出现于树影间静默无声地抬手指引出路方向。

虽然民间对这传说一直都是听过笑过不太当真，但一些胆大的男人竟不顾性命安危结伴进山，就为去见那女鬼一面。

因为普通百姓家出身的他们一生都不可能与容貌风姿远近驰名的秦大小姐亲近，虽然乐善好施的秦慕遥在逢年过节时会领着许多丫鬟下人打开秦府大门，向穷人乞丐们派发馒头烧饼，他们可以挤在拥攘人群中远远瞧上一眼，但往往就是因为这一眼，这些男人便痴情沉沦在秦慕遥的美貌中，再忘不了。

而这些后来进山者却再不见回来，他们的亲朋好友去找神婆算卦，都得到他们是被女鬼吃了的答复，从此人们便对庶红山充满敬畏，再不敢盲目挑战。

"竟然当我是女鬼……"琴无琴双手托腮低声为自己辩解，但脸上还是有些害臊地发起烧来，"我不过是身上脏了点，哪有浑身漆黑，就是沾了些泥巴，在山里为了追只兔子摘几个生得老高的树上果子摸爬滚打的，这身上能干净吗？"

第一次在山里见到除了母亲以外的大活人，她是非常亢奋而有一些忧惧的，因为母亲再三交代外人险恶，所以她也不可能扑过去跟人说话，但见到迷路者也不好放任不管，索性默不作声地为其引路。

直到她帮助过那位富家子后，拾了一件人家掉落的小配饰随手拿回家去，才叫母亲发现她常年以来都在助人下山，虽然琴无琴知道她发觉此事后会很是生气，但没料到竟会严重到大发雷霆将她禁足三日的严重地步。

从此她就减少了去半山腰附近走动的次数，生怕自己又遇迷路的人后不忍违抗母亲，只能眼睁睁见他们原地打转，最后化作枯叶下的白骨。

思及此，琴无琴想起花昭锦倒没有迷路，想当初她为了摸清整座山的全貌花了快三年时间，而他却是第一次上山就找着了她。

因为整座山我就只能嗅到你一个人，那身尘土气味混合着木材灰烬味儿很好找。

花昭锦突然出声让琴无琴吓了一跳，原来并非要开口才能与他对话，这狐妖在她体内能直接读取她的思想。为证实自己的猜测，她在心中说：所以你根本是特地来找我，无论如何也要附体在我身上，好回到秦府躲过那个追杀你的除妖师！

果然花昭锦回了嘴：废话少说！你只管助我回到本体，本少爷自会摆脱你这野人，去找我的秦慕遥。

"是我要摆脱你才对！真是平白无故的天降之灾。"琴无琴说完，感到头痛好了点儿，她下了床边朝门外走去边发牢骚，"那口臭水害得我都没吃晚饭。"

这么能吃，猪。

花昭锦又来挑衅，她懒得搭理，推开门见桃红不在，就自己凭着记忆朝厨房走过去，结果在庶红山里能游走自如的她却在这硕大却格局有致的秦府里迷了路。

明明记得过了一座小石桥后该能见到绛红屋顶才对，琴无琴搞不懂眼前怎么却是一处种满紫丁香树的庭院，不过繁花好似团聚的火烧云般美丽夺目，叫她一时忘了腹鸣如鼓，朝更深处走去，直到一修长白色身影映入眼帘。

赏花者听到身后动静便慢悠悠转过身来，琴无琴借着月光见到他那张脸时情不自禁地轻呼出声："是你……"

你认识他？花昭锦对她的反应奇怪地发问，因为她不是自出生就住在山里么？怎可能会认识这个男人？他对她介绍道——
这个装腔作势的家伙是秦慕遥的未来夫君，御王爷东方劫。

"是我。"东方劫顺着琴无琴的话，在微凉夜风中冲她露出如温水般的笑容道，"我听说你醒了，所以赶来见你。"
如果没反应过来自己现在的身份是秦慕遥，琴无琴几乎要以为他这话就是在对她说了。

他现在的模样和当时看起来很不一样。琴无琴细致地打量他，一身衬托得身形挺拔顾长的锦绣鳞纹白衣，头戴华美银冠，梳理得一丝不苟的浓密黑发下是苍白发青的肤色，一双斜飞入鬓的剑眉下是埋在鼻梁阴影里的深邃狭长的双眼，因为瞳仁里的反光微弱，再加上与生俱来的黑眼圈，勾勒得他的眼睛更像两片乌黑深潭，暗红的薄嘴唇有着上翘的嘴角，下巴的线条尖锐利落。
眼前这个人一身至尊正气，神色举止无不透露着他身上血统之高贵，说话语气也拿捏得恰到好处，温和又不失高傲——和那个人一点儿也不像——琴无琴想起自己在山中遇到的那个人，那放浪不羁又狼狈不堪的形象和豪放无忌的言行……

大约是我认错了。她在心里对花昭锦说，我不认识这个东方劫。末了，她有些心虚地替自己打马虎眼补充道：这人长得还挺好看。

一般般好看而已，哪能比得上本少爷千分之一的美，你若是见过我人形模样，赌你这辈子再看不上别的男人！甚至女人！以及狐狸和猫！……

——就在花昭锦好似与琴无琴置气般夸耀自己时，东方劫已缓步靠上来，低眉垂眼地瞧着她，语气淡淡地问："遥儿，你之前去哪儿了？"

"我……"

琴无琴还未想好怎样答话，只听他的声线突然降到冰点，冷声冷气地叫她"秦慕遥"——这和她方才听到的那声"遥儿"中饱含的百转柔情可是千差万别——"你啊你，为何不索性长睡不醒算了——"

东方劫突然抬手掐住琴无琴的下巴，迫使娇小的她伸长脖子与自己对视。他面上笑容仍在，却再不见半点温柔，只有森森寒气从弯起的眼角和翘起的嘴角里咝咝往外冒，他一字一顿里竟透着残酷笑意道："我不是叫你去死吗？"

第二章

入世

【一】

　　虽然每次离家外出去做何事又遭遇了何事，回到家后，琴无琴几乎都会事无巨细地说给母亲听，好比她遇到了一只山猪，从惊吓到喜悦的心情，再到如何与之搏斗最后怎么使它变成了晚饭的食材，这整个过程她都讲得绘声绘色，但有件事，她自始至终都未提过，就是她在山下的湖泊边遇到了一个淫贼。

　　那是个云朵被藏在背后的太阳描绘了一层金漆轮廓的清晨，琴无琴正半身浸在湖中洗澡，虽然平日都是借山涧溪流中的水就足够应付，但她还是好动的年纪，到底是喜欢在这可以展开四肢游个来回的宽阔湖中边玩耍边洗。

　　因为这片湖是在远离城镇的庶红山下，所以整日整夜也渺无人迹，但琴无琴还是谨慎地选在太阳还未翻过山岭的时间过来。

当她正毫无防备地垂眼拨弄着波光粼粼的水面，饶有兴味地看水纹漫过她在水中影像弯曲的手腕时，却听身后传来陌生男人语气轻佻的声音——

"妹妹，你是哪家的女儿？"

琴无琴好像被擦肩而过的利箭吓到的小鹿般浑身一颤，赶忙沉入水底将暴露在外无遮无掩的后背藏起来，她欲转身看来者何人又半途反悔，强压着好奇和羞愤以后脑勺冲着来人，心想已经叫人家看光了身子，怎能再转过去给他看清楚长相！

"你是山上猎户的女儿？"男人一手搭在腰间的剑柄上，歪着肩膀站在湖边，朗声对正朝一面岩石游去的琴无琴问，"总不会是城里的姑娘吧？一个人跑到这荒郊野岭，你倒不怕狗熊豺狼扑你？"

已经躲到湖中岩石后面的琴无琴高声回嘴："狗熊豺狼没见着！淫贼这儿倒是有一个！"——"天下男人皆是无情无义之徒，他们的眼睛和手心里都是剧毒，无论是甜言蜜语哄你也好，还是装作正人君子为你着想也罢，你万不可掉以轻心让他们瞧见你的身子碰到你的肌肤。"——果然如母亲所言，男人都是好色之徒。此刻就有个偷窥了她洗澡还若无其事的淫贼站在岸上，琴无琴气急败坏地想，如果她现在有衣蔽体，非宰山猪般一刀劈死他。

"淫贼？"男人一本正经地左右转了转脑袋说，"在哪里？待本王收拾了他。"

"你……你偷看了多久？"琴无琴从岩石后探出半张脸眯眼打量他，只见这淫贼生得肩宽头小，双腿修长，体格高大，束起的长发发尾在微风中好像一条兽尾般轻轻招摇。后背笔直的他通体着墨色衣物鞋履，这使他看来很像一棵在湖边站了千年的笔直水杉——虽然不是好人——但琴无琴还是必须老实承认，至少远远看起来，此人气宇非凡。

"哦？"黑衣男人也不知是真惊讶还是假正经，他恍然大悟地说，"原来是我啊。"随即"哈哈哈哈！"大笑起来，额前本已凌乱的发丝更肆意地贴在汗湿的面颊上。

琴无琴被他的笑声惹火，吼道："还不快滚！"

"怎么？这是你家后院？哎——"一直以一手按着腹部的男人突然吃痛地冷哼一声，边弯下腰去边啐道，"这帮畜生。"接着就开始脱外袍、解腰带。

"你干什么！"见了他这举动，她更急了。

"哦，怎的这普天之下就许你不穿衣服？"似乎对琴无琴的反应感到有趣的男人又笑起来，边脱衣服边作势走向湖中，"天太热了，我也想下水凉快凉快。"

"你——你等我走了再说！"

"那你走啊。"男人双手抱在胸前等了一阵，不见琴无琴回应，只剩空中鸟鸣回荡和远处树林被一浪浪大风刮过的沙沙嗡嗡之声，兴致消退的他轻笑摇头，转身走出几步说，"行了行了，我不看你，就那几把骨头又不好看，你快些穿了衣服回家去，今后也别再独自跑来戏水，你年纪尚小，以为这世道多安全，实在天真！再叫我碰上你，非把你生吞活剥了不可。"

琴无琴等了一会儿，确定男人一动不动地面朝远处，她慌不迭上岸穿了衣，见他意外老实地没有突然回头吓唬她，心下一动便轻轻一跃来到他身后猛地以手刀将他击晕。

"哈！待我看看你长什么德行。"琴无琴得意地踹了脚侧躺在地已失知觉的男人，随即蹲下身"嘿咻"一声把他身子翻过来，见到脸时愣了一愣。

长得真好看。没见过多少世人的琴无琴总是被母亲说她生得美，她看自己的脸看得惯了也不晓得所谓"美"具体指的是什么——大概美就是这张脸的样子——琴无琴伸手去摸男人英挺的鼻梁想，美，就是会让人想伸手触摸的东西。

她见他眉头深锁似乎很痛苦，于是顺着脖颈锁骨往下看见腹部有一块湿润的深色，一摸竟是血，原来他受伤了？方才脱衣是为了去湖边用清水洗伤口。

琴无琴拨开他已经半敞开的衣襟，见到男人结实平坦的胸肌还一怔，奇怪地想怎么胸部这么小？男人都这样吗？然后找到肚子上的血洞，像是剑伤。她将自己随身携带以防万一的草药粉抹在上面后，又将男人的外衣袖子撕成三指宽的布带替他包扎好。

忙完了后，琴无琴双手托腮在他身边蹲了一会儿不见醒，似乎再无事可做，才有些不舍地起身离开，隔天带着刀又来，当然不见人影。

那伤恐怕要养上许多时日吧？她无聊地耍着手里的剔骨刀想，要再碰上他绝对要叫他为偷窥行为负责，也不阴他，堂堂正正来一场决斗，教训教训他。

那之后，她每隔数日便会来盘腿坐在湖中的岩石上发呆，听着耳边清流卷动，看云稀如烟，风吹骤散，细雨如丝，夜空绚烂，却再没见过那个扬言再见面要把她生吞活剥的男人，久而久之，她也不想着决斗了，只想知道他的名字。

而四百多个日夜之后，眼前这个以毫不温柔的力道掐着琴无琴下巴的男人——他的脸和声音——就是她想重逢的那个人，他叫东方劫。

【二】

"我已把话说死，莫非你还在痴心妄想？"东方劫阴森地凝视着琴无琴说，"我不会娶你的。"

这个人脸上的笑意比他一身纯白衣服更显冰凉刺骨。琴无琴实在不能确定，东方劫就是那个爱放声大笑的黑衣男人。

"傻丫头，别逼我动手，毕竟——"东方劫正欲再说什么，却见一个少年边探头张望边从花丛间走来，他便若无其事地松开了瞪大双眼的琴无琴，自然而然地露出浅笑道，"瞧你怕得，为夫不过是逗你罢了。"

"姐！你怎么没待在屋里？叫我一番好找。"少年欣喜地扑过来握住了琴无琴双手，嘴中喋喋不休，"你失踪后我也无心再替父亲大人跑商，满天下找你，这倒好，你自己回来了！我本来已经雇了船家水手要去国外办事，收到家里的书信，就半途赶了回来。姐，你究竟是怎么回事儿？"

琴无琴见眼前少年虽是一张没长开的娃娃脸，但个子却比自己高出一截去，浓眉大眼长睫毛，情绪激动地笑得面颊上有一双酒窝，穿着里外三层色彩鲜亮绣有繁花的锦衣华服，腰间像秦许功一样坠了多件玉石坠饰。

他应该就是秦慕遥的弟弟秦雪筝。

秦雪筝见琴无琴只是好陌生地看着自己也不说话，才把撞见的两个下人之间交谈的"疯话"当真，"姐，你……"他瞟一眼正笑吟吟在一边瞧着他们姐弟的东方劫，低声问琴无琴，"真的失忆了？"

"你们姐弟重逢，想必有许多悄悄话说，我就不打扰了。"东方劫走上来插话道，"遥儿，这些时日你受苦了，今日见你大病初愈但气色仍不算太好，等我回到王府会差人给你送些上好补品药膏来，待你全好了，我再来看你。"他临走前意味深长地瞥了一眼琴无琴，如钩嘴角里渗出冷笑。

琴无琴和秦雪筝一齐目送东方劫的身影隐于夜色暗影中后，少年又用他体温微热的手牵起姐姐的手，继续絮叨起来："我还没去给爹娘请安呢，他们不知道我回来了。唉，肯定要生我的气了，姐，你陪我一块儿去吧，替我说说好话，雪筝给你带了许多好东西呢。"

边说着，他就拉着她朝离开花庭的小道走去，而琴无琴却半晌不见回神地转头凝望东方劫离去的方向，好像她的视线被无形力量顽固地牵引向黑暗。

住在她体内虽然能听见她心声，却读不懂她心事的花昭锦，见她见过东方劫后竟有些魂不守舍，便警告道：东方劫很危险，离他远一点。

【三】

十天过去了，花昭锦还不见琴无琴有要离开秦府的打算，他急喝：嘿，猪！野人！蛮牛！你到底走不走！

虽然他叫得响亮，但除了琴无琴外，也没人听得见，所以现在和她坐一桌吃饭的秦家人继续高声谈笑，觥筹交错。

"姐，你快尝尝这松鼠桂鱼，今早上鱼贩子送来时活蹦乱跳的，力气大得很，人都抓不住。"秦雪筝坐在琴无琴身边，夹起一块菱形鱼肉蘸上一点儿酱汁就往她碗中送道，"瞧这肉哇，肥厚鲜美得紧。"

顾喜善坐在琴无琴另一边，嘴上嗔怪秦雪筝"你这孩子，你姐想吃什么自己不会夹呀"的同时，手里却夹起一筷子金汤素燕堆在琴无琴的米饭上，"你姐爱吃素你又不是不知道。"

"你们别闹了成不成？遥儿还能不能好好吃饭了。"坐在对面的秦许功表面虽皱着眉头，嘴角却按捺不住笑意，端着小酒杯时不时抿一口，看来心情大好。

他左右坐着他的父母，即是姐弟俩的爷爷奶奶，两位老人家虽背已佝偻，但精气神十足，口齿也清楚，尤其是爷爷还能和他的儿子秦许功对饮几杯清酒。

这几日相处下来，琴无琴被他们当成失而复得的秦慕遥百般关心照顾，她看着眼前的一双慈眉善目的白发老人，和清瘦的秦许功、丰腴的顾喜善、朝气蓬勃的秦雪筝，他们面对她时总是笑呵呵的，满目取之不尽的溺爱之情。

秦慕遥的家人这么好，她若是自己离家出走，怎么舍得？琴无琴在心底叹息。

她许是被恶人设计拐走，我恐怕她遭遇不测，所以一定要尽快找到她！你还不动身？

面对花昭锦的催促，琴无琴是明白的，她总不能装一辈子失忆赖在秦府不走。但是，她在山中一个人孤零零与树为伴久了，如今突然得到一个如此热闹美满的大家庭，心中虽然对这不属于自己的一切感到愧疚万分，却又克制不住嘴上情不自禁地一声声叫起"爹""娘"来，语气中的深情把自从女儿失踪后度日如年的夫妇哄得几乎要落下泪来。

她喜欢有家人的感觉，她舍不得走。

够了，明日就走！我虽不存在于本体之中难以施展无边法力，好歹也是千年狐妖，要治你这弱小凡人还是简单得很，你若不依，本少爷大可取你性命，自行掌控你的身体去任何想去的地方！

被花昭锦的威胁惹恼的琴无琴本想顶嘴，但一想到他能钻进自己身体，能掐住她的声带，那他还有什么做不到？到底是狐妖，能耐不容小觑。

想想也再没理由耗下去的琴无琴终于松口道："那我先回山上去取些东西吧。"

【四】

次日天还未亮，琴无琴首先来到府内厨房，早在里面候着的老厨子赶紧毕恭毕敬地站起来，拍了拍身边灶台上的一个布包裹说："按大小姐昨日的吩咐，都做好了。"说着，他解开包袱来向她展示，里面是一个三层小竹屉，塞满了琴无琴爱吃的点心。

这些徒有其表的东西又不能果腹，带身上平添负担。猪就是猪。

花昭锦对她准备的"干粮"非常不满，琴无琴在心中啐他，管不着！又不劳驾你背着。

厨子见琴无琴满意地提起包袱掂了掂重量，有些纳闷地问："大小姐想吃什么，我们给您送去就是，这……特地打个包裹是要做什么呢？"

"哦，这是、要给雪筝的，他要外出办事。"琴无琴随意扯了个谎后转身欲走，又转回来，重重拍了两下老厨子宽厚的肩膀，"再会。"

老厨子被大小姐脸上带着些留恋和忧愁意味的苦笑迷住了，呆愣在原地半天后才回过神来想她为何说再会？

琴无琴和府里的下人们也已经混得非常熟悉融洽了，她能叫上来每一个人的名字，在秦许功不在府中时，会偷溜到柴房和他们丢骰子，丫鬟桃红被她逼迫在门口望风，起初颇多怨言，最后也被带得疯了，在琴无琴捅了些不大不小的娄子后，还晓得替她在顾喜善面前圆谎。

如果不是花昭锦总是提醒她收敛点，说她这疯疯癫癫的表现一点也不像喜静的秦慕遥，当心穿帮，琴无琴真想捋起袖子教大家伙习武强身，还有她看他们劈柴时的站姿老不顺眼了……

"唉……"她真舍不下这里的一切，忍不住在被树荫遮蔽的一面墙下重重叹息，随后一个翻身上了屋顶，又接连跳了几跳，去到可以鸟瞰眼下风景的制高点，恋恋不舍地将整个秦府尽收眼底。

"后会有期。"她说罢，再转过身看向在连绵山峦下静静存在的烨津镇，仿佛无边无际地漫延到群山的阴影之中。

秦许功以秦府大小姐不得轻易抛头露面为由阻拦她外出——而此刻——琴无琴想到——从此以后——烨津镇也好，还是整个东莲也好，甚至更加辽远的外国，那些未知而神秘的新域，可以任由自己随意探索，她的离别忧郁便消散了不少，取而代之的是身体兴奋的颤抖。

琴无琴挥手一抖披风把自己浑身裹住，再将斗笠戴在头上，又在空中接连几跃，好像一只飞翔在屋顶之间的麻雀般，朝庶红山的方向而去。

【五】

远离城镇中心的乡间小道边有一座木头干草简单搭成的茶馆，老板的女儿端着一壶新茶忸怩地靠近一位奇怪的客人问："公子，龙井虽好，但这大热天的，喝些凉茶降火吧，这是我们家给自家人做的，别处没有的方子。"

"有劳了。"客人从伞下伸出握着茶杯的手，这手背生得白嫩，手指修长而关节匀称，皮肤上不见任何凸起的青筋，犹似画笔描绘出来的仙人之手。

虽然是露天的茶馆，但好端端坐在遮阳棚檐下，这位穿着宽袍大袖、衣袂飘飘的客人却打着一把硕大的油纸伞，使自己整个人躲在伞下阴影中。好几日了，他都是如此模样坐在临街长凳上，望着眼前衔接着大片麦田的小道，像是在等着什么出现。

"公子，是在等人吗？"为他续上凉茶的姑娘想见他伞下那张脸——自上次见过之后，她就念念不忘——所以不甘愿就这么走开地坚持与他搭话。

"并不是在等人呢。"伞下的男人发出一阵温和的笑声，他的嗓音好像山林间的风声般有些悠悠回转的意思，叫听者耳朵好像被轻轻抚摸过一般泛痒。

茶馆姑娘还想说话，他突然站起来将手中茶杯递与她道"告辞"，就朝一个正匆匆赶路的行人走去，她只有捧着杯子细细回味方才瞧到的那一眼伞下的微笑侧颜。

琴无琴才刚离开秦府不久就把随身携带的点心吃完了，她顶着午后烈日焦躁前行，口中没完没了地埋怨花昭锦不让她去市集找些吃的，方才路过茶馆也不让去喝一口水。

"你是妖怪大人你无欲无求，我可是普通人，我不喝水会渴死的！你就巴不得我渴死是吧？哎？"久不见他回应，琴无琴绝望地自言自语，"你说话啊！不是吧，我这边正拼死赶路，你该不会睡着了吧！"

"这位姑娘，这么急着赶路是要上哪儿去呀？"

突然闪现到她身边的人把琴无琴着实吓了一跳，就是一只鸟儿从她头顶振翅飞过都逃不过她敏锐的知觉，这人竟然如此无声无息。她瞟他一眼，一个大男人学女儿家家地打把遮阳伞，想到自己仅靠一顶斗笠对付毒辣日光，没好气地回道："你都看见本大小姐在赶路了。"她脚下加快了速度，"滚开！"

"哎，姑娘不要这么大的火气，在下是想若是凑巧同行，不如你到我伞下来躲一躲日头。"

一个陌生男人邀一个路遇的小姑娘共处一伞亲密同行，这算不算光天化日之下调戏良家少女的行为？琴无琴翻个白眼想，又一个淫贼——这么着便联想到东方劫——那日紫丁香园中见过后，他便再也没有现身，嘴上说得好听等她好了再来看他，结果也是空口承诺，到底所谓男人就像母亲说的，都是拿誓言当狗屁的放浪子。

琴无琴感到心中泛起一阵她也说不上来由的苦闷，便把邪火发泄在这路人身上，"好狗不挡道！"接着为甩下这搭腔怪人，她运起脚上功夫更快朝庶红山而去。在外人眼里琴无琴不过是步子迈得大了些，却速度如飞，若不是周遭还有人烟，她现在早已一跳飞上树头，抄空中捷径了。

没料到这怪人脚程也跟着加快，琴无琴好胜心起更加速疾奔，而他却轻松跟上，又像是故意逗她般偏要不紧不慢地隔着半人距离，结果琴无琴满脸是汗了，还是没能甩掉他。

她心下开始感到不妙，恐怕身后这人武功修为远远在她之上，不知什么来头，又有何企图？

终于来到庶红山脚下一大片林荫中，琴无琴弯腰喘息抬手擦拭下巴上的汗珠，怪人来到她跟前站着朝山上斜睨一眼笑呵呵道："是要上山吗？我前些时日也去过山中，还险些迷路呢。"

听了这话，琴无琴忆起花昭锦曾提到的追杀他的除妖师，不免心中一凛，忙不迭抬头看他，正巧与对方四目相对，他有双仿佛蕴含着清晨露水的清亮双眼，笑起来微微下垂的眼角很容易使人无心设防。

树影摇曳下，举着伞的男人头发以白银小冠束起，两条长长的黛蓝发带在脑后好像杨柳般随风轻扬，他对琴无琴露出温润如玉的笑容道："姑娘终于肯正眼瞧一瞧在下了。"

"跟了我这么久，你有何居心？"

"说来见笑，姑娘途经此地时，在下闻到风中携来一丝本不该属于你的气味。"他迈上一步，微微歪头低声道，"狐骚味儿。"

琴无琴浑身一颤，好像被踩着尾巴的猫般弓起身子，瞪大眼一本正经地问他："你是说我身上有气味？"边左右嗅嗅耸起的肩膀怒冲冲地认真追问，"我很臭吗？"

"不……是这个意思。"对方被她的气势压迫，竟有些吞吐，"我是指妖气。"

"你是说我是妖怪！"琴无琴火气更甚。

"这……姑娘虽有一丝妖气，但却似乎并不是……"

琴无琴打断他的话，又腰顿足，口若悬河地拔高了音色："我活了十六年，从未被人这样诋毁过，今天真是倒霉。"她指一指他，"我哪里像妖怪，你倒是说啊。"又指一指他腰带上斜插的一支缀着靛蓝穗子的竹笛，"所以你是想怎样？"她指着自己，"用这根木头打死我？告诉你，如果我死了，请把我的尸身带到秦府，告知我的爹娘，就说因为你看我是只妖怪所以杀了我——咦？为什么没有显出原形——哦，在下看错了真是失礼了。"

举着伞的男人分明脸上不见半颗汗珠，但他还是抬手以手背蹭了蹭下巴，慢腾腾地说："姑娘好大的火气。"

"给晒的。"

"要借伞与你么？"男人笑问。

"好哇！"琴无琴摘下斗笠露出一张明艳脸庞，毫不客气地一把夺过他的油纸伞，绽放出刻意斜起嘴角的傲慢笑容，红唇似花、白齿如贝，在幽凉伞荫中像一朵上蹿的火焰。"后会无期。"她身子一转，长发一甩，手中转着伞柄，一蹦几跳地就隐没于山中，失去踪影。

没了伞的男人像是被琴无琴好似日光般晃了眼似的眯了一会儿眼，等他抬起手来以袖遮阳，眼前人早已不见，他便仰起脖子冲密林茂草中喊话："姑娘，且记住在下名姓——玄荆——百里玄荆……"玄荆笃定地微微笑道，"后会有期。"

【六】

秦慕遥大小姐从秦府里又一次失踪了，丫鬟桃红拿着琴无琴留在桌上的一封告别信一路大呼小叫地跑去向老爷夫人报告，从早上到现在闹得全府鸡飞狗跳，经过一段时间的朝夕相处，已经彻底迷恋上大小姐的下人们一个个如遭雷劈般失魂落魄。

花昭锦是反对琴无琴留什么告别信的，但她不忍就这么一走了之伤了众人的心，于是留下了善意的谎言，爹，娘，孩儿去见天高海阔，自有归期，勿念。

秦许功像是早已料到这一日般拿着信纸，坐在太师椅里晃神自语："终究还是走了……"

"你别光叹气，快令人去找啊！这会儿，遥儿应当还未走远！"顾喜善哭哭啼啼地以手绢不断擦眼，不满秦许功就这么呆坐在屋里耗到了半夜，错过了最利于寻人的早些时候。

"她若是铁了心要走，你找回来，她还是会走。"

"遥儿失忆之后像换了个人，活泼了许多，成日笑呵呵的，惹得府里上下更是喜欢得紧，见她不像过去那般成日锁在屋中不吃不喝、忧郁成疾——我还以为她如今过得这么快活，不会再叫我们担惊受怕——"

紧闭的房门外突然传来一声短促而凄厉的惨叫打断了夫妇的对话。

顾喜善立即止住了哭泣，屋内顿时陷入叫人揪心的死寂，她与秦许功这才意识到，今夜有些异乎寻常，太静了。

无风状态下的烛火发出声如蚊呐的燃烧声，火光之外的暗影在这诡异的寂静中似乎扩大了许多，像是不计其数的黑蚁正在吞噬光亮。

秦许功年轻力壮时也算闯过大江南北，在刀口下从阎王爷手里夺回过数次性命的人，他太了解危险逼近时是什么气味，那是清凉中带着一丝微腥，好像站在夜幕之下的荒凉草原上嗅到了千里之外发臭的河川。

他安抚地看一眼顾喜善后，站起来清了清嗓子嘹亮地冲外吼道："外面怎么了？"

不见回音，他又喊："桃红！"

这一声亦如石沉大海。

秦许功按在桌上的手掌箍成了拳，迈步朝门边走去，顾喜善见状慌了神地扯住他的衣袖，他轻轻拉开她的手用眼神示意她留在屋内不要动。

木门推开时的吱呀声在此刻格外刺耳，秦许功审慎地小步踱到门外的院落中，突然出声的知了将他吓了一跳，半晌后，他见昏暗光线中草木全无动静，又大声冲半圆拱门外喊："来人啊！桃红？桃红——"

接连叫了数声后，秦许功终于看见穿着一身鲜红衣衫的桃红从拱门外走过来，他刚要发怒质问她上哪儿去了，却惊骇地发现她胸口之下全是血渍。

摇摇晃晃的桃红满脸是泪地以颤音唤了一声"老爷……夫人……"后，就睁着恐惧的双眼倒在地上，与她眷念不舍的秦府从此永别。

因悲愤而颤抖的秦许功咬紧牙关地望着桃红的尸体，一切发生得太快了，他还没能理清头绪，只有克制自己不要发出声音引来凶手，这时在屋里听到响动的顾喜善实在按捺不住走出门来，她见到院子里的景象刚要发出尖叫，就被人从背后一剑捅穿了心窝。

"夫人！"秦许功眼见这突如其来的一幕，嘶声悲鸣。待他扑过去抱住浑身失了力气的顾喜善，她口角已经涌出浓稠鲜血，只深深望了他一眼后就不再动弹，连话也没能留下半句。

悲痛欲绝的秦许功顾不上提着滴血长剑的黑衣人就站在自己身前，也管不了越来越多的黑衣人从屋顶上悄无声息地落下地来，手中皆提着一柄沾满了秦家人血液的长剑，他搂着没了气息的顾喜善无声恸哭。

直到将他团团困住的黑衣人们突然齐刷刷恭敬地跪在地上，秦许功才老泪纵横地回过身去，只见一身深黑装束的东方劫面无表情地双手背在身后大步走来。

见了御王爷大人，秦许功登时想开口向他求救，但又立刻清醒过来，他难以置信地抬手指着他，半天只发出一个音，"你……"

"可怜的人……为什么？"东方劫居高临下地看着秦许功，眉毛好似同情心起般曲起来，声音里却不见半分感情，"东方家与秦家自祖上交好，你与本王的父亲更是结拜兄弟，而我也即将迎娶与我青梅竹马的令千金秦慕遥。你一定很想问为什么，本王为何要如此待你？"他俯下身，露出冰冷的笑，"你一定不想死得不明不白。"

秦许功气喘如牛、咬牙切齿地瞪着他，恨不能扑上去和他拼个你死我活，但正如东方劫所言，他死到临头也想不明白，为何与秦家交往甚密的东方劫一夜翻脸？

"你想知道为什么？说来话长——"东方劫语尾拉得悠长，随即直起身来淡淡地说，"所以本王就不说了。真遗憾。"

他话音刚落，即刻有个高大身影从他身后闪现以精准凶狠的一刀迅速结果了秦许功的性命。

持刀人不像其他黑衣人般蒙面，他比东方劫还要高出半头，俩人五官轮廓有些微相仿，只是他下巴更为方正，浓眉长眼鹰钩鼻，使他看起来像个沉稳寡言的兄长，他犹如猎鹰般的眼神比之东方劫更不近人情。

"祈嵘。"东方劫面露和煦神色对他说，"确保不留活口。"

东方祈嵘点过头，便领着一众黑衣人四下散去，如同黑暗中静穆无声的索命鬼般游走在寂寥空阔的秦府中。

此时，一个穿着有别于刽子手们那统一黑服的浅莲红服饰的少年，身材单薄得好像黑夜中一抹被风送来的花骨朵儿般来到东方劫跟前，以少年特有的中性嗓音唤道："哥。"

"焕，你进行得如何？"东方劫抬手以拇指抹去他面颊上一颗血点。

"哎，这是从哪儿溅到的？"东方焕嫌恶地以衣袖擦了把脸，接着又握住东方劫的手不住用衣料来回擦拭他的手指掌心，尖着嗓子好像女人般碎碎念道，"回王府后定要以玫瑰浴去除身上的臭气。"

"都叫你不要跟来。"

东方焕怕东方劫气他颇多怨言，忙不迭道："只要焕儿能帮到兄长一点忙，就是浑身浴血也不碍事的。"接着又急邀功，"秦府里的真金白银、珠宝首饰，我们已经搜刮干净，但是还有许多珍贵的布匹香料存在库房中，如果那些拿去卖了想必是一笔巨大财富。"

"不能拿，秦府货物正因其罕见珍贵所以太好辨识，出售时定会惹来耳目。"

"哥哥想得周到。"东方焕瞧了一眼地面上三具还未凉透的尸体，不悦地蹙眉，"其实这等劳神脏手的事，交给我和祈嵘办就好，哥哥身份尊贵如此这般亲力亲为，太看重这秦府了，他们不过是庶民出身有几个破钱而已——"他不屑地冷哼一声，"竟然还想把女儿嫁过来跟我们东方家攀亲戚。"

杀人灭口的事已经不是第一次做，但今次行动却是连其父也被蒙在鼓中的险招，疑心病重的东方劫不可能不到现场监督，他不与涉世未深的东方焕多费口舌，只淡淡吩咐："完事之后，你与祈嵘把这里烧了，秦府太大，估计烧不尽全，至少确保将所有可能留下证据的地方烧得一干二净。"

东方焕对他的这位兄长又敬又惧，在他面前说话时总是万般小心，总怕话说不好令哥哥认为自己年少无知，拿他当个孩童。眼见东方劫垂下眼帘不再多说，他连忙道一声"明白"后告退。

不多久后，东方劫身后便有几处相距甚远的火光忽隐忽现，它们最终串连起来逐渐由远及近，形成熊熊燃烧的火海照亮了上空，他转过身抬起眼皮看了一眼，心中森森道："秦慕遥，你在哪里？亏得我还想大发慈悲赏你死在我的手中。"

【七】

琴无琴回到庶红山取了一条母亲生前最爱佩戴的项链，拿了一些钱，又将住了十六年的小屋简单打扫一番，最后在母亲的土坟前道别后，才拖拖拉拉地下了山。

照花昭锦的说法，他们此行要离开烨津镇一路北上，琴无琴想那即是不知何日才会回来，她又想起秦府人家，他们供她吃好喝好、陪她聊天游戏，算得上是自母亲去世之后，她最无忧快活的日子了，而她却只留下一封书信就当告别。

越想越感亏欠的琴无琴不顾花昭锦强烈反对，非要再回去看一眼，她暗下决心要向秦许功坦白自己并非秦慕遥，并发誓一定帮他把女儿找回来。

当她快到山脚时却见到秦府那片宅邸上方火光冲天。

第三章

花醉

【一】

涤月城是东莲国内贸易交往频繁、人口庞大、街市最为繁华的一座不夜之城，城中的主要干道宽阔得能容下八匹马车并行，修得纵横交错的马路两边是品类应有尽有的商铺和通宵达旦不打烊的酒馆茶楼。

这里出产的名酒夜长香闻名遐迩，吸引了天下酒客蜂拥而至，此外还有一件叫天下男人私心所向的名产，便是夜夜笙歌的青楼。

这堪比三座城池大小的涤月城中拥有全国最多的青楼，其中四家最大的以东淑庭、西鳞楼、南窕苑、北杳园为名独霸四方生意，里面的姑娘无论小家碧玉、妖娆奔放、能歌善舞、琴棋书画，各种姿容拔尖、才华独具的美人儿应有尽有，是所有贪恋美色之人一旦踏足便再难自拔的毒草仙境，至毒至美。

近几日，关于西鳞楼中来了一位国色天香的大美人抢走了许多青楼客源的消息，在茶客酒友之间迅速传播开来，甚至寻常百姓家也乐得以猜想其美貌作桌上闲谈，全国各地有股实家底的文人骚客更是慕名而来。

据说见过这位姑娘的客人们一个个都像中了蛊般为她魂牵梦绕、茶饭不思，太多人为她一掷千金，以至于想要见上她一面变得越来越难，而更多人情愿倾家荡产也要飞蛾扑火般栽进她的迷魂乡中，她却从不因客人家世、财力、容貌、才学区别以待，也不为任何对她一片真心的痴情人打开心房，她待人不殷勤、不热情，正如她名唤无情。

无情姑娘即是流落此地的琴无琴。

离开烨津镇时，花昭锦提醒她路途遥远最好买一匹马骑乘上路，琴无琴从没骑过马又不想被花昭锦看轻，强要面子地声称自己脚程快不需要马，结果没日没夜走了两天就吃不消地问还有多远？只得到花昭锦一声鼻孔里出气的轻哼答复。

她只好花大钱租了车夫和马车，在摇晃的车身里睡一段路程，又走一段路程，这么轮换着两种方式赶路没多久后就把盘缠花光了。

等琴无琴进了涤月城，作男装打扮的她早已浑身脏得与乞丐无异，难得的是山里打滚长大的她自己不算太在意，只想出了这城后找片水源洗一洗了事，吃的东西在随处可见的田地里随便摘个西瓜抓条田园草蛇便能果腹。

只是花昭锦对她嫌弃得无以复加——

假若我像你般邋遢还靦着脸走在街上——那一定是走在去自刎的路上——死一百次也不足以忘却这奇耻大辱。

"你这妖怪真是站着说话不腰疼。"琴无琴浑身疲得连发火的力气也没了，她懒洋洋地边揉着肩膀边辩驳，"我要有钱的话，当然愿意去泡个温泉再买身衣裳。吃苦受累的都是我，你除了数落我，你还会什么？”

花昭锦短暂思索一会儿后叫琴无琴在这城中逗留一段时间，他说这儿是足够他们捞足钱财再上路的"肥沃土壤"。

"钱从天上掉下来？"

——你就照我的指示去做，本少爷保管你从此以后上了马车，想坐到天荒地老都足够。

"你是不是要施展法力变废为宝？"琴无琴茅塞顿开般猛地拍一巴掌欣喜惊呼道，"你早些出手，我这一路也好吃香喝辣啊！我现在是不是去找些石头来让你点石为金？"

——你若见了比最大的酒家还要富丽堂皇的楼阁，门口要有一群衣衫鲜艳的姑娘在招呼男人们进去，你跟着进去就是了。

花昭锦话刚说完，琴无琴就见到他所描述的建筑，宽敞阔气的大门之上挂着金镶玉的气派牌匾，上书"西鳞楼"三个大字，确有许多挺不直腰的华服姑娘或倚或靠地慵懒地坐在跃层凭栏上，冲街上来往的人们嘻嘻哈哈地挥舞花花绿绿的手绢，透过她们身上的薄纱服饰隐约可见细嫩的胳膊和胸口柔滑的起伏。

强烈的花香从这些女子的每一次举手投足动作间朝琴无琴扑来，好闻得叫她微眯起眼睛，似乎懂得了为什么许多男人经过时都会脚底不稳地被她们勾进门去。

照花昭锦说的，琴无琴也跟着别人往里走，还没跨进门槛就被两个凶神恶煞的男人拦住，动手边推搡她边道："哪儿来的小乞丐！这里没有剩饭给你！"

不过是两个长得健壮的普通人而已，虽然琴无琴只会耍些旁门功夫，但应付他们绰绰有余，一左一右猛力一推，他们就下盘不稳地摔了出去。

原本热闹的大厅里瞬间静下来，姑娘客人们眼见着一个身材瘦弱穿着粗布麻衣的少年旁若无人地大步走进来，更多和摔倒的两个男人穿着一样绛紫服饰的人扑了上去，却见那少年毫无所惧地摆起了架势，三拳两脚把他们打得嗷嗷直叫，顿时整个场景乱成一团，几杯酒下肚的客人们起哄鼓掌，人声鼎沸。

"闹什么！"

突然一声由头顶传来的暴喝使沸腾的场面降下温来，男人们回身张望的瞬间纷纷换上了倾慕神情，这嘹亮清脆嗓音的主人穿一身冰雪蓝低胸长裙配影青色点缀着桔梗花图案的纱衣，站在楼梯上朝下扫视的眼神像是站在雪山之巅傲视山下猎物的骄傲猞猁。

一双眼尾斜飞的明媚水目中的冷酷眼神和微颦秀眉表明她是个耐不住脾气的性情女子，媚态与烈性奇异和谐并存于她身上形成独特的美。

她见到浑身脏污的琴无琴时流露出刹那怜悯之情，旋即冷面冷声地以樱桃丰唇怪责围着她的狎司们："为何这许多人围攻一个要饭小儿？你们拿些散钱打发便是！扫了老爷们的兴致成何体统！"

几个狎司一时不知如何是好，纷纷后退了半步，开口欲向她解释："冰雀小姐，这小子的力气大得很，我们可没欺负他……"

这时，浑身挂满珠宝首饰的丰盈老鸨在两个年幼的小姑娘左右陪侍下摇摇摆摆地走了出来，以手绢掩着鼻子嫌恶地来到琴无琴跟前，斜眼道："哪儿来的疯犊子……"

"我是来赚钱的。"琴无琴昂首打断她的话。而花昭锦此时在脑中对她说你告诉这个女的——她于是大声复述他的话："本大小姐要成为你这里的头牌。"

嘈杂声太大，远处的人听不分明，近处的几个狎司听了哼哧直笑。

阅人无数的老鸨不愧有沙里淘金的本事，她倒没笑，而是越看越仔细地贴上琴无琴的脸，双眼里迸出精光来笑逐颜开地冲身边的丫头说："带她去洗干净，用昙花间的独立浴池，先以薰衣草水清洗，再以牛奶浴嫩肤……算了，我跟你们一起去。"说完，她索性也不嫌脏地拉起琴无琴的手，领着她朝楼上走，像是手里抓了个怕丢的宝贝似的。

众人为老鸨的反应感到莫名其妙，唯有冰雀明白将有什么变化要发生，当老鸨拉着琴无琴从她身边经过时，她与她对上了视线，那眸子黑得犹如湿润的墨锭，这么近距离看才发现这个孩子有多惊艳。

她忧心忡忡地皱起眉。

【二】

在点着绕梁熏香，以正红红木装潢的香闺里，层层叠叠的红缎锦绸装饰的拔步床上，长发披散的琴无琴着一身猩红长裙横卧其上，一截肤凝如脂的粉白手臂露在袖外支撑着脑袋，另一只手举着本琴谱端在眼前，她赤脚不穿鞋袜，一条腿屈膝踩在榻上，这姿势实在谈不上优雅，但在正跪于她前方的男人眼里，却妖媚得夺魄惊心。

"无情姑娘，无情姑娘啊，求你看我一眼……"留着山羊胡的老男人张开双手冲着床上的琴无琴言辞卑微地哀求道，"看在我真心一片，求你瞧我一眼，若是再笑上一笑，鄙人再无所求，死亦无憾。"

"吵死了。"琴无琴不耐烦地呷嘴，翻眼看他。

男人见了她这一眼立即像饿狗见了骨头般扑上去，嘴上语无伦次地恳求："无情，无情你就从了我吧，只要能叫我一亲芳泽，我拿命来换。"

琴无琴见他欲行猥亵，旋即坐起来一脚踏在他胸膛上将他与自己隔出距离，以好像在耳边呵气般的柔声细语说："乖乖的，别闹好吗？自己去角落里待着去。"

她不知道自己说这话时墨黑双瞳扩散到了整个眼球，由于太过漆黑而泛着锐蓝光泽，这是她在施展花昭锦授予她的狐媚。

男人感受到一股难以抗拒的烫心暖流好似一条有着烈焰鳞片又粗壮有力的蛇般，从琴无琴裸露的脚底皮肤里滑出来，直钻进他的心脏漫延向每一条血管。他神色呆滞了一会儿后突然痴痴憨憨地笑起来，软绵绵滚倒在一边，面带红润、嘴中含糊有辞地半合着眼睡着了。

"好恶心的脸，他梦见了什么……"琴无琴看着脚边满面笑意的男人大概也猜想得到。

在做对你为所欲为的美梦。

——花昭锦在她脑中坏笑补充道。

琴无琴抬眼见到烛台上摇曳火光想起火海吞噬秦家一幕。"我没时间在这里耗太久……"她换上痛心疾首的语气怒目横眉道，"我还要去找出杀害秦家人的凶手。"

那在这天南地北人流交汇的西鳞楼里更有利于你收集情报。

"你是想利用我这张脸叫见过秦慕遥的人上前相认，好帮你找到她的踪迹吧。"琴无琴冷笑回应，她知道花昭锦除了秦慕遥之外不关心任何人事，和她之间只是相互利用的关系，他是不会帮她为秦家复仇的。

果然花昭锦沉默一阵后说——

她失踪时日已久，我嗅不到她的气味了，只能凭运气行事。

在西鳞楼里待着也不是坏事，毕竟有美味食物柔软大床和热水洗澡，而琴无琴除了要每天听有时陌生有时面熟的男人连绵不绝的无聊话之外，实际上也没付出过一分代价。这么一想，她倒是乐得在西鳞楼中多歇一阵子，只是心里还有一事介怀，"关于那日遇见的除妖师，你还未向我交代清楚。"

——**对于那个男人，我一无所知，只知道他法力相当了得。**

"他还会追杀你吗？"琴无琴追问，"不，应该说，追杀我？"

——**我存在于你体内所散发出的妖气相当有限，他应当猜不到本少爷还会灵魂附体这一招，所以你我目前都很安全。**

"要做的事太多了……"琴无琴叹口气，倒在床上随手将琴谱盖在脸上。

——你倒有闲情学琴。

"真难。"琴无琴将琴谱丢到一边后又翻个身够回来，脸上不知不觉流露出怀念神情，她想起了母亲。如果非要说来这西鳞楼的好处，衣食无忧还是其次，最重要的是她能多多少少接触到母亲的过去了。

【三】

那日在昙花间里，老鸨若有所思地打量着清洗完毕的琴无琴问："你叫什么名字？"

"琴无琴。"她湿漉漉的浓密长发一缕缕好像海藻般贴在透着樱粉色的白皙皮肤上，身边两个比她年纪尚幼一点儿的丫头正忙着用柔软的棉布为她擦拭身体，扑上香粉。

"我看你有些面熟……"老鸨见到她戴着一条细红绳串起的项链，是指甲盖大小的泪珠形状的鸽血红刚玉。像这样色纯如血的红宝石非常罕见，她却觉得似曾相识，好不容易想起来便犹豫地问，"你——你莫非是……闻人有琴的女儿？"

"你认识我娘！"琴无琴惊呼。

"我认识她，她不认识我。"老鸨一阵讪笑，抹了厚粉胭脂的脸上皱纹始终还是显眼，这一笑使眼角鱼尾纹一道道叠起来，但不得否认从五官可见她年轻时也是如花美人。

"二十年前我还是一介农家莽夫的糟糠，而她是东莲第一琴姬，泉泾城内第一青楼的花魁。奉天节那一日，她在露台上演奏时，我曾在人群中远远见过她一眼——宝冠霞帔、金银首饰、男人们疯狂恋慕的眼神——多少女人想要成为她。"她像是忆起了白驹间隙的往事般合眼感慨道，"我自认容貌不比她差，与其每天为一个臭男人洗衣做饭消磨掉大好青春，倒不如去世外闯一闯。我便来到这座骄奢淫逸的涤月城，自甘堕入青楼，吃了许多苦头，但也换来了今日这一切风光。"她得意地笑笑，但又立刻落寞地摇了摇头，"但毕竟还是不比她。"她抬手指着琴无琴脖子上的项链说，"传说她与一名富可敌国的神秘男子坠入爱河，男子为她赎身后俩人从此双宿双飞再无音信，这举世罕见的血石就是定情信物。"

见她语毕后疑询地望着自己，琴无琴忧伤地说："我娘已经过世了。"

"世事难料，你今日来我这里，想必也是吃了许多苦。"老鸨面露温情之色，捧着琴无琴的脸叹气，"自古红颜多薄命，你……你长得比你母亲更是要美得多了。"随即又压抑不住似的似笑非笑起来，"你不出数日定能取代冰雀成为当之无愧的头牌，不，你一定会成为涤月城四楼之首凰。"

这日起，琴无琴便以"无情"之名登入了西鳞楼的花名册，也果然如老鸨所料，她就像棵摇钱树般为她赚了个钵满盆满。

到今天，琴无琴已经完全明白了西鳞楼是做什么买卖的地方，第一次迎客时她不懂进了门的男人为何说了两句话便淫笑着上来要脱她衣服，情急中一掌拍过去就把人给打昏了，随即大骂花昭锦竟然把她骗进淫窝。

他哈哈大笑之后，叫她不要急躁，只须一个眼神，他会使用狐媚之力迷惑对方意识，使他失去主见地疯狂迷恋上她，若是有身体接触，他更能使对方产生逼真幻觉，控制他的行动。

毕竟你长着和她一模一样的脸，我无论如何也不会见你吃亏。

他如此担保，倒真没叫任何一个男人占过半点琴无琴的便宜。

不多久后，琴无琴就搬进了西鳞楼里最奢华敞亮的顶楼房间，整日眉开眼笑的老鸨领人抬着国内最上等的锦罗绸缎让她挑选喜欢的花色，找城内最知名的裁缝为她缝制了一套又一套几乎穿不过来的由里到外的裙装。

因为在山里穿的都是瞧不出颜色来的粗布衣服，在秦府穿的又全是秦慕遥喜欢的素色衣装，所以琴无琴在绚丽多彩的布匹中一眼就爱上了张扬的红色。

鲜似血、艳如火的猩红，衬得她乌发白肤和殷红丹唇更浓烈如画，叫所有见过她的男人，心口上像是长出了一朵吸血的牡丹花。

虽然大受欢迎，但是琴无琴没有见过钱，她问起这事时，老鸨就会顾左右而言他："哎哟，你吃最好的穿最好的住最好的，你还能缺什么？想要什么你同姨娘我说一声便是啦。"

她想也没想就脱口而出想要学琴，老鸨于是给了她一箱琴谱和一架金黄色杉木玉玲珑琴。

平时拿惯了斧子大刀砍柴杀猪的琴无琴虽然双手肤色胜雪，但早已不似富家小姐那般柔若无纹，她一双做足了粗活的手按在琴弦上动作迟钝笨重，有时心浮气躁得厉害了扬手一掌拍在身边家具上，使实木上出现由中心往外扩散的一道道裂纹。

她回首看一眼，颓靡地长呼口气，要她练习如何在树身上留下一个完整掌纹都易过学一曲最简单的曲子。

你何必强求自己和母亲一样？花昭锦问。

"我没有！我只是……"
——你就是你。你母亲会弹琴唱歌，你会上树捕鸟，她或许仪静体闲，而你行事粗鲁风风火火，你是她女儿，但你就是你。

琴无琴为花昭锦的这句话先是一愣，然后好笑又犹疑地问："你这算是在夸我吗？"——他没回话——她一手托着下巴一手将手里的琴谱抖得哗哗作响，烦躁又在意地自言自语，"我娘她……她一定只是弹琴。"

母亲只说她曾是歌女，从未提过自己曾身在青楼，如今琴无琴既已了解西鳞楼的姑娘们每日面对什么，她实在不愿去猜想当初母亲遭受过什么境遇。

人都有苦衷，若是凡人都能选择自己的命运，这世上哪还有那么多悲苦事？

难得总以讥讽琴无琴取乐的花昭锦也会说出这般抚慰话语，琴无琴扬起下巴声色如春地笑起来，"你偶尔也会说些正经话。"

她正欲振作精神继续学琴，却听到门外嘈杂中隐约有女声在叫她的名字，琴无琴随即起身朝门外走去，顺便踢了一脚被她放倒在地板上发春梦的男人。

【四】

在琴无琴入主西鳞楼前，冰雀一直稳坐头把交椅，是蝉联数年当之无愧的头牌，如今时过境迁，琴无琴不消时日就摘了她的花魁之冠，更是将许多当年为她神魂颠倒的客人也一并夺了去。

所以，昔日的百花之王冰雀领着同样对琴无琴颇多怨气嫉羡的姑娘们处处与她作对，在琴无琴看来情有可原，完全是可以理解体谅的事，但她越大度，对方越是愤恨难当。在冰雀她们看来她这是不把她们放在眼里，明明都是圈养在缸里的鱼，就她偏偏清高得很。

与冰雀齐心的姑娘们在洗衣房中毁坏琴无琴的衣物，去厨房里往她的餐饮中"加料"，故意向最难应付的客人引荐她，这些破坏力不大但源源不绝的破事有时真把琴无琴激怒了，她也不忍气吞声，就去质问冰雀，岂料她毫不避讳地大方承认——冲她性情泼辣坦诚这点——琴无琴倒很欣赏她。

"你向我道歉！"琴无琴叉腰冷脸道。

冰雀亦慢腾腾单手叉腰反问："凭什么？"

"凭你做错了事。"

"我要偏不道歉呢？"

琴无琴想也没想就答道："那算了。"

没料到这样的反应，冰雀满腹备好的话语这会儿没法顺着往下说，一时怔怔地瞪眼看她，这个她捉摸不透的敌人。

“你很讨厌我。”琴无琴说。

“没错。”

得到了诚实回复的琴无琴笑起来，点了点头说：“但我挺喜欢你。”

见了她这明艳浓烈的笑颜，好像火色暮阳滚滚烧过无边广泛的原野，冰雀终于明白那些男人为何沦陷，她切实地感到自己输了。

这次对峙后，冰雀的对立姿态仍在，狭路相逢时依旧少不了冷眼冷哼，只是再没找过琴无琴的麻烦。

琴无琴清楚冰雀不喜与她交道，反正自己总是要离开西鳞楼的，便也无所谓去有意讨好她，既然表面看来已经相安无事，她乐得这样轻松过活，也不想与她再有瓜葛。

却没想到与冰雀相好的姐妹会来她门外哭着请她插手相助。“无情妹妹，求你了，冰雀可能会死掉，不死也去半条命……”灵栩是平时跟在冰雀身边出入的人之一，她满面是泪地企图通过狎司的阻拦扑过来，伸长了手对琴无琴喊道，“只有你能救她！”

她身后还有几个与冰雀亲密的人，跪在地上哭，期许地望着琴无琴。

喝开了挡在楼梯口的狎司们，琴无琴向哭哭啼啼的灵栩了解详情，她说冰雀此刻招待的客人非常危险：“我们这些人都伺候过他，此人凶残变态，曾经有个姐妹不幸死在他的房中，最后被姨娘以死因不明打发了我们。冰雀也陪侍过他一次，此人虽暴戾非常，但忌惮她当时受到诸多贵人喜爱，所以待她尚且温和。”说到这，她欲说还休地看着琴无琴，言语中隐隐含着不满，“昨日晌午他点名要无情妹妹作陪，姨娘不忍……便叫我去，当时他大发雷霆，我不敢去，我只怕我这一去便回不来了。”

她停顿了一会儿，抓着自己胳膊的双手发起抖来，咽了口口水后继续说：“冰雀于是主动请缨，结果到此时仍不见她从房中出来……妹妹，你，你不知道那人有多可怕……”

说罢，她解开胸前衣襟露出遍布皮肤的一道道旧疤痕，简直触目惊心，但周围的狎司却面露轻浮不屑的讥笑，琴无琴瞧得气血上涌只恨不得手中有刀把这些男人像白菜般嚓嚓削了。

这时老鸨接了通风报信赶过来，拿着手绢像轰家禽似的朝姑娘们挥赶，嘴里口沫横飞地骂起来："作死啊你们这些赔钱货，冰雀在接待的可是一位皇城里的官爷，你们要是搅乱了他的兴致，大家伙儿都吃不了兜着走！"转脸却又堆满了笑地对琴无琴说，"无情呀，这浑水犯不着你去蹚。你可是咱楼里的镇家之宝，什么陈芝麻烂谷子的鸡巴事你姨娘我啊是绝对舍不得叫你沾上一星半点的。"

灵栩怨愤难平地冲她大声道："因为有了无情，所以曾经替你赚了那么多钱的冰雀死活就无所谓了吗？"

"乌鸦嘴，冰雀怎么会死！"被惹恼的老鸨伸手过去要揪灵栩耳朵。

琴无琴猛地抓住她的手，将咋呼叫唤的老鸨整个人朝一边甩开就冲灵栩说："带路。"

面对花魁，狎司们怕伤到她赖以日进斗金的细皮嫩肉而不敢动粗拦截，琴无琴于是一路畅通无阻地来到冰雀门前，她不想万一冰雀模样难堪被人瞧见，就叫众人在外等候，她一个人轻手轻脚进去后便小心地合上门。

或许因为有狐妖灵魂寄宿在体内的缘故，琴无琴感到近来自己的嗅觉灵敏了不少，方才在门外就闻到了丝丝甜腥的鲜血气味，现在踏进门来更是感到浓烈扑鼻。

听觉也敏锐了许多的琴无琴的耳朵轻轻颤了颤，因为听到沉重而断断续续的呼吸声从最深处的房里传来，是痛苦，一种压抑的痛楚感仿佛通过无形的白色吐息袭向琴无琴的神经末梢，她心生寒意地继续往里走，直到透过屋内云遮雾绕般的熏香，看见了冰雀，她不禁抬手捂住了嘴。

室内的光线只来源于圆桌上的一盏烛台，一个虎背熊腰的男人裸着汗津津的上身立在床前，垂着的右手中拿着一把薄刃沾血的匕首，他没注意到身后来人，而是在满意地欣赏自己的作品，赤身裸体的冰雀跪在床上，双手好像鸟儿翅膀般极尽张开地捆缚在床架上，她的后背被当成画布般凌乱地划满了刀痕，一片血肉模糊中已不见原本肤色。

眼见男人发出阴笑又要动手，琴无琴一步抢上去掐住他的手臂，力道大得能听见骨头被捏出惨叫声。"啊！"留着络腮胡的男人低吼一声，手中匕首落在地上，他暴怒回身看见琴无琴，面上凶色登时因为被惊艳而顿住，随后以沙哑之声淫笑道，"你便是无情？"

琴无琴秀眉深锁却突然咧嘴一笑，美得诡异犹如鬼魅，叫对方一惊。

"我要杀了你。"她说。

没等络腮胡反应，在琴无琴话音刚落时他就重重摔倒在地上晕了过去，脖颈面上充血般涨得通红，原来在他与她身体接触时便已中了狐媚。

琴无琴捡起地上的匕首盯着男人恶狠狠地说："怎么晕了？我要叫他睁着眼去死！"——她这话是质问花昭锦——

不是我。

"嗯？"

花昭锦回答：是你做的。

没明白他话里意思的琴无琴也不想追究，忙去为冰雀解开束缚，因为怕碰着她遍布刀伤的后背，所以将她的头枕在自己的手肘窝里，摸到她布满冰凉汗水的皮肤好像烙铁般滚烫，琴无琴怒不可遏地重音道："我要杀了他。"

冰雀半昏半醒地抬手抓住她的手腕拦道："不能杀。"

"你不恨？"

"恨。"眼中含泪却强抑着不使它流下来的冰雀咬着唇说，"又如何？"

此时，可能见琴无琴进了门内之后不见动静，所以门外人们传来骚动之声。

冰雀向来要强，自是不想自己这狼狈样子给人看见，周身疼痛无力的她只有低头向身边的琴无琴求助，她别扭地看向她吞吐地说：“不要让人瞧见我……”

“嗯。”琴无琴扯下床梁上的缎布帘子轻柔地盖在她身上。

【五】

夜深后，琴无琴依旧待在冰雀的房内——无论老鸨狎司，甚至是灵栩她们——她没有让任何一个人踏入这屋子一步。

那个昏迷的络腮胡男人比野猪要沉得多，她双手抓着他的手臂费了些劲才拖出门去，随即要了些药膏就把所有人阻在门外，告诉关心冰雀的人已经没事了，她会照顾好她。

打开了所有窗子，任夜风灌进来带走使人不悦的气味氛围，琴无琴顾不上冰雀的反对，盘腿坐在床上为她背伤上药，嘴里喷喷有声：“你要后背长着眼睛，你就自己来，那我有这工夫帮你倒不如去多吃碗面了。”

药粉落在伤上犹如火炙，冰雀闷声抓着眼前床单，忍着不在琴无琴面前叫出声来。

“疼你就叫，我不笑话你。”

“为何是你？”

冰雀的答非所问让琴无琴歪了下脑袋，“什么是我？”

冰雀在被虐待时一度以为自己会死，意识渐离中她有妄想过或许会有人破门来救，但她也知道几无可能，当那一刀刀落在身上，心高气傲的她连吭也不吭，更不会向人求救。在她想就这么默默无闻但至少保有尊严地死去也好时——她万万没想到再睁开眼见到的竟是琴无琴——

“我对你那么坏。”她说。

明白了她话里指的什么，琴无琴答道：“因为第一次见面时，你帮了我。”

“我只是在帮一个小乞丐，不是在帮西鳞楼的新头牌。”

"你是个好人，一点儿也不坏。"琴无琴顿了顿，似乎思酌了一番后肯定地点点头，轻声笑说，"我见的人不算多，但我自认还算分得清楚。"

"好人不在青楼里。"

"你想离开吗？"

"想。"冰雀的声调不着痕迹地扬起了一些，又重复了一遍，"当然想。我姐姐也同样想。"

"你的姐姐？"

"嗯。"冰雀第一次向人提起过去，所以有些艰难地开口，"我们姐妹本是一家小镖局镖头的孩子，家境谈不上多么富裕但至少衣食无忧，只是命运风云变幻，爹他……在一次重要的保镖任务中被山匪截杀。损失惨重的雇主上门来抄了我们全部家当不算，还逼死了母亲，最后将只有十二岁和十四岁的我们分别卖给了西鳞楼和北杏园抵债。"

听了她的往事，只知道如何以拳头替人解恨，不晓得怎么靠话语为人解忧的琴无琴张了张嘴，半天不知该说什么。

楼下的大厅中还在歌舞升平，但那些沸反盈天的淫靡之音都被隔绝在了冰雀与琴无琴所在的这间屋外，仿佛以门为界，外边金鼓喧阗，这里万籁俱寂。

"听说你在学琴。"冰雀似要化解袒露自己脆弱一面的尴尬，她道，"我教你一首吧。"

深深静夜中，优美女声娓娓婉转地唱起如泣如诉的《许风叹》——

东风斜倚，绿罗衫，纤指弄弦，空弹琴声慢。
柳沾碧水，梨花散，青丝拂面，欲与泪相缠。
璧人抚筝临月声淡，良人何以再不归，独留孤心对空案。
朝伴苍雨，夜烛泪，墨玉深邃，形只影孤单。
青青豆蔻，年华乱，虽有相思，无奈两情断。
婵娟佳人芳心暗许，纤云有情风无意，倦待苍茫不敢怨。
唯惜了对君痴心妄念久，溺愁残阳叹。

第四章

夜闌

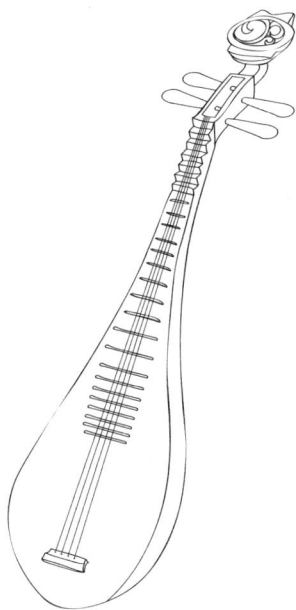

【一】

　　淅淅沥沥的夜雨中，一段悠扬琴声好似一条身形纤长的水龙般盘旋在泉泾城内的杜府上空。府里的下人们打着伞提着灯漫不经心地巡逻在南北相交的走廊小道之间，丫鬟们则流连于各个厢房之间做着杂务聊着闲话。

　　"都这个时辰了，该给夫人送银耳莲子汤了吧？"一个跪在地上擦地板的年幼丫鬟问她身边正从水桶中捞洗抹布的年长丫鬟。

　　"你傻呀，今晚不能送。"对方暧昧地笑道，"御王爷在呢。"

　　年纪尚小的丫鬟不明所以地抢话道："那我让厨房多做一份送去呗。"

　　对方又嗤笑出声："说你傻还真是傻。你以为夫人五次三番叫御王爷来真为赏琴么？"

"不是么？御王爷弹的琴可是连皇上都赞不绝口的呀，不过夫人也太爱听琴了，御王爷在咱们这儿都留宿过几次了，他都快成杜府的主人了——"

"呸！"年长的丫鬟猛地抬手拍一下快嘴小丫头的头，严肃地说，"这话可不能乱说！"她盯着她的眼睛一板一眼教训起来，"记住，御王爷在府里过夜的事儿绝不能向人提起，有人问也说不清楚，知道吗？"见小丫头委屈地捂着头顶点头，她松口气叹道，"老爷身为明威将军镇守边疆已经三年，夫人难免寂寞，尤其是小姐又患怪病躺在皇城中由宫里御医伺候，就剩她一个女人守着这么大的杜府，想要有个人在身边陪着也是情有可原。"

"也是哦，御王爷长得那么俊美，声音那么好听。"小丫头直起身子双手握在一起陶醉地说，"是我也想要日日夜夜见到他，我光是看着他就能高高兴兴地多吃三碗饭。"

"你想得美。御王爷是人中龙凤，你这辈子就是摸一下他的衣袖也不可能。"年长的丫鬟笑嘻嘻地将一块拧干的抹布扔在她面前说，"老老实实擦你的地吧。"

她们于是继续笑闹着擦拭已经锃亮的石砖地板，这间内宅宴客厅后门连接着去往内堂的甬道，愈往里走人声渐稀，到杜府女主人云秀蓉的房门外便一个人影也见不着了，只有一名她的贴身丫鬟留守在偏房中等候召唤。

麝香笼罩的室内，东方劫正襟端坐于琴前随性地抚着不知名的曲子，他此刻身着一袭象牙白宽袖袍服，长发没有以头冠束起但如一片整齐的乌云般披垂在肩上。

只穿着一件紫藤色薄纱以遮掩亵衣的云秀蓉，眼含春色地赤脚踱步到他身边。

体态丰盈的她如风中弱柳般软绵绵沿着东方劫的肩膀一路蹭着身子坐下来，以涂着艳红唇脂的嘴贴在他耳边娇喘抱怨："琴声再动听，人家耳朵也起茧子了……"

东方劫停下指间动作，面上露出戏谑浅笑地扬眉看她："夫人认为做什么更有意思？"

　　云秀蓉女儿都比东方劫还要年长两岁，但她此刻却如俏皮少女般以指尖轻点他的鼻尖嗔怪："还叫我夫人。"

　　"那该叫岳母大人？"东方劫嘴角上翘得分明。

　　"急什么？"似乎被挑起了不愿提及的话题，云秀蓉横眉瞪眼地坐直了身子振振有辞，"露儿得了怪病，暂且无能完成婚事。"

　　东方劫对她的反应似有不悦，沉下脸一手将她揽进怀里。

　　面颊撞上他胸口的云秀蓉反倒满足地合上眼，由他的手臂摸上胸膛，换了语气细声道："再说了，秦家刚遭遇灭顶之灾，你就急着迎娶杜将军的女儿，不怕流言蜚语吗？"

　　"若不是有本王父亲强加吾身的婚约，杜将军早已将露萱许配于我了。"

　　"秦家遭此不幸倒正巧顺了你的心意……"云秀蓉弦外有音地轻笑出声，"连老天都帮你。"

　　东方劫含笑不语。

　　云秀蓉沉醉在他宛若天神雕塑般完美的眉眼中，神色迷蒙地呢喃："我知道你想要什么，你不满自己空有王爷之名，却手无半分权力，你若娶了露儿，杜宏飞必会为你从东莲王那儿求得拥兵散位。"

　　东方劫满意地以食指轻挑她的下巴，低沉嗓音魅惑如咒，"你也知道，我能给你什么。"

　　"我定会尽我所能帮你……"云秀蓉耳根赤红地边说着话，边慢悠悠仰面躺倒在东方劫的大腿上，玩味地盯着他那张怎么看怎么完美的俊脸，语气一转道，"只是，坊间传闻秦慕遥并没有死，似乎有人亲眼见到她还好端端活着呢——"

　　听到这里，东方劫只是轻巧的一声"哦？"

　　"涤月城的西鳞楼。"

　　"是吗？"他手下动作如同抚琴般滑动在开始喘息的云秀蓉身上，却面无表情地仰起脸，若有所思地冷声自语，"不过是个传言。"

【二】

琴无琴没料想自己在西鳞楼里竟会遇到熟人，虽然他第一次指名要见她时，她没认出来，毕竟只是在庶红山里见过一面而已，而且是远远的一眼。

"无情姐姐，现在想见你一面真难啊，我这回可是等了整整七天。"说话的男人长着一张显小的圆脸，但年龄约莫比琴无琴要大上五六岁，却油嘴滑舌叫她姐姐。他头上随便扎着头巾，身上的着装也是并不讲究配色的胡乱搭配，但从服饰质地和镶嵌了珠宝玉石的腰带可见此人身家富足。

"牧贵雄。"坐在床上的琴无琴正捧着琴谱对照眼前玉玲珑上的琴弦，她侧过脸白他一眼道，"你能没事别来烦我吗？"

"不要叫我全名嘛，好生分。"牧贵雄说话时眉飞色舞、比手画脚，是个性格外张的人。他搓着手咧嘴笑起来，看起来像个正做买卖的商人，"你还是不愿告诉我你为何留在这里？需要钱你说话，给贵雄一个报恩的机会。"他冲琴无琴挤眉弄眼道，"嫁给我最好，你就有一世也花不完的钱了。"

他就是扬言要登庶红山顶，结果迷失山中被琴无琴救了的那个阔绰公子哥。他家族原来是烨津镇做货运生意的，虽然无论在陆路还是水路的线上都不算行内大家，但以"别家走三天牧家走半天，风雨路遥马不停蹄，丢货概不负责"的高风险高速度著称，跟秦家也算有过几次来往。

跟着家里做生意的马队，牧贵雄来到有钱人最爱逗留的涤月城找乐子，碰巧在西鳞楼里远远瞧见了本该在大火中丧生的秦慕遥，他想搞清楚是怎么回事儿，但要近距离接触这名头牌已经不太容易，过了许多天、花了许多钱打点老鸨后才终于与她独处，结果一番交流下来，这个花名"无情"的姑娘竟然是他的救命恩人，这更叫他喜出望外。

"不过我不比秦家有钱……"牧贵雄抓耳挠腮地犯了难，仔仔细细来来回回地打量琴无琴问，"所以你到底是不是秦慕遥？"

琴无琴瞪他一眼，"都说了不是。你小子没到处胡说吧！"

"没有，没有。"牧贵雄连忙摆手否定，但又心虚地补充一句，"第一次见面完了你说你是琴无琴不是秦慕遥后，贵雄就没往外说了。"

"秦家的案子有进展吗？"

"我离开烨津镇时，官府还什么也没查出来，大火把一切烧了个干净。"他奇怪地问，"你为何这么关心秦家的灭门案？"

"因为许多人说我长得像那位秦家小姐，我难免忍不住多关心一些。"

"如果真是你担心的仇家寻仇，那你还不赶快离开这里避人耳目去，那些人肯定会当你是没死的秦慕遥来追杀你。"说到这里，他又旧话重提，"不如嫁……"

琴无琴挥了挥手打断他的话，"好了，你快走，别烦我。哦，对了，知道你今日要来，我昨天一番好找……"她想起什么似的从身旁的一个小匣子里翻出一枚小物，朝牧贵雄扔了过去道，"把这个拿走。"她解释，"我缺钱吃饭的时候也没当了，毕竟不是自己的东西，还给你。"

接了她抛来的东西摊手一看，牧贵雄认出这是他遗失在山里的蓝玉髓戒指，这让他更加确信琴无琴就是他的引路恩人。"你救了我一命。"他合上手，充满感激地望向她收敛了嬉皮笑脸认真地说，"就让贵雄为你做点什么吧。"

琴无琴抬手摸了摸下巴寻思了一小会儿后，一扭腰转过身来，屈膝，歪头，以右手托着脸颊面朝他道："既然你自称消息灵通得很，帮我打听个人吧。"她见他那一对滑稽的招风耳配上他的圆脸盘看来很像幼熊，联想到他的名字便嘴角一牵自顾笑起来，"就当小雄的报恩吧。"

她笑起来好像一朵浮在酒杯中被浸湿了的朱红梅花。牧贵雄看得痴了，只觉得昨日喝的夜长香到此刻才开始醉昏了他的头，"嗯嗯。"他殷勤地点头承诺，"你叫小雄做什么我都去。"

【三】

花昭锦认为在西鳞楼里待够了，也没得到多少他想要的信息，琴无琴答应他再逗留几日就走，她已经和楼里的姐妹们处出了感情，在知道她们都是被拐卖欺骗身不由己地入了这火坑后，她就不能轻易地放下她们，自己一个人说走就走了。

你想怎样？一个个替她们赎身？那你自己且留在这儿慢慢赚钱吧，本少爷没那么多闲情奉陪。

花昭锦对琴无琴的正义感只有冷嘲热讽。他是个狐妖，对人类的感情没有多少共鸣，当狎司们殴打不听话的姑娘们时，他甚至不理解琴无琴为什么要出手解救她们，他认为她们坏了规矩那承担相应的后果难道不是理所当然吗？根本不值得同情。

琴无琴常常会为他的麻木不仁所撼，同时她也奇怪既然花昭锦这么不拿人类当回事，为什么却异常执着秦慕遥——

她和你们这些人是不同的。
——关于秦慕遥，花昭锦就只说这么一句。

他不想细说秦慕遥何以对他如此重要，琴无琴也不追问。她知道他们迟早是要分道扬镳的，只是现在还迫不得已在一起，她要做什么事也瞒不过他，便老实说明了自己正密谋的一桩计划，无论花昭锦支持与否，琴无琴无所谓地说："反正你困在我身体里哪儿也去不了。"

首先要帮冰雀找到她消失的情人丘游。

这个男人对冰雀一见钟情，两年来踏进西鳞楼内只专情于她，经不住热烈追求的冰雀也终于与他心心相印。因为要为花魁赎身是很大一笔钱，丘游家中虽有几亩良田但家底一般，他自己是个书生，说要弃文从商去做笔大生意，许诺赚了钱就回来正经以花轿迎娶冰雀过门，圆了她不求富贵只愿寻常的夫唱妇随梦。

但是他已大半个月未曾露面，楼里的姐妹们都断定他以做生意为由骗走了冰雀本想存起来为自己赎身的金银首饰跑了，唯独冰雀不这么想，她说最后见到丘游时，他曾提到母亲得了重病，她想他可能在照顾她而无暇分身。

琴无琴就是叫牧贵雄去帮她找这个丘游。所有人中她最挂心的就是冰雀，她吃了太多苦，她希望离开涤月城前能安置好她，使她今后能和心上人过安稳日子。

多管闲事，别指望我帮你——花昭锦表示——而且你的计划太胡来太不切实际了，到底是脑子里只有吃的野人。

"放心吧，压根就没指望你。"琴无琴冲空气翻个白眼，她知道自己想一口气拯救所有人很有些异想天开，但如果得到大家的配合，应该行得通，只要领头人是楼里最得人心的冰雀。

她正想着今夜得空去找冰雀聊一聊，就听到卧房的窗外响起一段高山流水般空灵悠远的笛声，再怎么说这儿也是顶楼，琴无琴奇怪这乐声怎会叫她听得如此分明真切，好像与吹奏者就只有一墙之隔似的。

推开窗，她就见到了在庶红山附近遇到的那个除妖师，明知道对方听不见花昭锦的声音，还是下意识在脑中冲他喊：别出声！

他还是那身装束，只是后背多了个布囊，里面鼓鼓囊囊地塞了许多东西，还有一把露出伞柄的油纸伞，听到身后的开窗声，他转过身来，见到琴无琴时先是一愣，继而在暗蓝盈盈的月色下微微一笑道："是你呀，原来你在这里。"

这话说得，好像不知道我在这里似的。琴无琴皱起眉，早知道就不开窗了。

她调侃道："大半夜的，你站这儿看风景？"边伸出头去看一眼，风不大，他站在砖瓦铺成的宽敞屋檐上，应该是从周边的屋顶借力跳上来的。

"在下来此城中行医为赚些盘缠，路经此处探到了一些妖气，循着气味就到这儿来了，也不确定是这层楼中的哪一间房，便想以笛声引人开窗，碰碰运气。"玄荆转了转手中的竹笛，插回腰带上，笑呵呵地说，"没想到又遇见姑娘。"

"阴魂不散。"

"既然如此有缘，可否告知在下姑娘芳名？"

"我不乐意。"

"有何不便？"玄荆话中有话地说，"那日姑娘提到秦府，我去过了，只是去得晚了，已经烧没了。"

琴无琴想他这是在质疑自己与秦府失火案有关，便索性身正不怕影子斜地昂首道出自己名字："我叫琴无琴，琴弦的琴，与秦家没有关系，但是和他家的大小姐秦慕遥长得相像。我是孤儿，那日见你一个大男人阻我去路，一时恐惧便撒了谎。"

听了她这番话，恻隐心起的玄荆也不掩饰自己眼中波动，柔声道歉："吓到了琴姑娘，真是抱歉。"

他的反应令琴无琴有些不悦，她边作势要关窗边冷言冷语道："并不是一出生就独自一人，我娘过世没多久，现在我还有冰雀她们这些姐妹，不需要你可怜我。"

玄荆抬手按住窗户，和颜悦色地说："在下姓百里名玄荆，暂且就在附近福润酒家边的巷子里支摊看病，假如琴姑娘有需要在下帮忙的地方，随时可以来找我。"说到这儿，他露出了然于胸的笑意，"若是你身上出现不能理解的异常现象……"

"多谢好意。"琴无琴伸手按住他胸口推了一把后，"啪"的一声干脆地关上了红木浮雕窗。

等她满心不快地走回小厅，已经有客人在那儿等着她了，竟是东方劫。

他未穿宽袍大袖的雪白华服，而是以绛红丝绘百蟒蛇的简练短摆铁墨黑色箭袖服，看起来已经不似在秦家见到的那位浑身高洁贵气的御王爷——如果他此刻不以宝冠束发而是随意地披散长发，站姿再不这么昂首挺胸的话——那这模样根本就是琴无琴曾在湖边遇见的那个重伤的不羁浪客。

可是他一开口还是御王爷的语气："遥儿，竟真如传言，你在这里。"他仔细地打量了一番琴无琴，面上似有犹疑，"你……"他迈上一步，"从未见你穿过红裳。"他伸手以并拢的食指和中指轻轻撩过几缕她的发丝，面上的笑意浅而缓地漾开来，"很好看，不太像你了。"

琴无琴莫名有些生气，她感到自己像是被一个叫秦慕遥的阴影缠身，"我不是秦慕遥，不是你的遥儿，不是秦府的大小姐。"——既然已经与秦家没了瓜葛，她没有理由再去伪装另一个人——"我叫琴无琴，琴弦的琴，无琴。"

她欲拍开东方劫的手，却被他一把抓住手腕。她情急之下扬起另一只手用力挥过去，对方单手背在身后侧身一闪，另一只手甩开她的手接下了这忽然的一招，同时俯身压过来，琴无琴见状劈头盖脸地发出了一连串带着力道的招式，却全部被东方劫动作轻巧地一一化解。

他步步逼近，她连连败退，最后直退到床沿边。一连串过招下来，东方劫都只用单手就把琴无琴克制得死死的，她感到被对手彻底藐视，一时恼羞成怒狠狠朝他"呸"的一声啐了一口。

自幼习武，与人过招多了的东方劫，怎料到你来我往的硬碰硬中还能演出这么一招，虽然他反应得快已果断地甩开琴无琴，但还是猝不及防地被迎面一口口水直击面颊。

他愣神了一瞬，抹了一把脸，阴沉地眯起双眼瞪着琴无琴，恶声恶气地问："是哪个门路的武功，还有这招？"

琴无琴也为自己在形势所迫下的"出奇制胜"感到丢脸，她面红耳赤地强词夺理道："好招赖招，赢了就行！"

他看起来气得厉害却没有再出声，只是静默地与她双目对视，琴无琴也不敢妄动，室内气氛紧绷得像易裂的锦帛。

脸上神色明明是剑拔弩张的东方劫突然嘴角一扬笑了。

他发出的轻轻一声"呵"像是一股从窗缝里挤进来的冷风，接着他又抬起下巴"哈哈哈！"大笑起来，像是冷风渐大直到强势地将窗户撞开后肆无忌惮地搅动着屋内沉闷的空气。

面对他这突如其来的转变，琴无琴半晌摸不着头脑地不知如何是好，便傻站着却也防备地注意着他的一举一动，直到他笑够了，她清晰地看见他神色的变化。

东方劫整个人都松散了下来，他合眼摇摇头，再抬起眼，眼中已不再有生冷僵硬的抵触，他笑呵呵地轻叹道："你不是她，当然不是，一点也不像。她多无趣。"他迈上一步去，一手揽住琴无琴的腰阻止她后退，用力往自己腰间一搂。

他低下头玩味地盯着她横眉怒目的模样轻笑，"你比她野多了，好比一千匹野马。你究竟是谁？"

琴无琴感到他松懈了力气，便狠劲挣开身体，昂起下巴毫不示弱地瞪着他回道："生来无父无家族，庶红山上有间屋，不入尘世，有名无姓，琴无琴。"

"哦？"他扬起声调，"你这会儿不是正在尘世中吗？"

"初来乍到。"

"哦。"东方劫歪着头，额前两绺长发轻垂，他眼角含笑道，"有意思。"

关于东方劫为何会在秦府中见到被误会成秦慕遥的琴无琴，她是如此解释的，因为自己遭遇意外，被秦家人所救，他们误以为她是失忆的秦慕遥，她于是受到他们诸多照顾，实在心里惭愧便不告而别，流落到这涤月城后，因为身无分文只得投身西鳞楼。

听罢她的话，东方劫故作仔细地打量周遭一圈后点点头道："真是个不错的栖息之所呢。"

"那你呢，一个王爷，怎么来这种地方了？"琴无琴挑衅地顶回去。

"这不是为了找你吗？"他双手背在身后，说话、抬眼的动作都慢悠悠的。

"是为了找秦慕遥。"

"呵。"东方劫轻哼一声后低头垂眼，他的睫毛在眼下刷出一道浓重的阴影，再抬眼时，他脸上表情少了，语气冷淡地说，"我一位老友的女儿病了，是非常古怪的病，我遍寻全国为他寻找神医。"

"什么样的病？"琴无琴好奇追问。

"整日都在睡，偶尔会笑、会说胡话。有时半梦半醒，旁人却无法与之对话，表情倒也不痛苦，甚至有些安逸。"

听起来像是中了狐媚。

——花昭锦突然开口说话，吓了琴无琴一跳，这才意识到原来屋里不止她和东方劫，脸上竟有些发烧。她像是为了掩饰尴尬，忙不迭在心里问，你会治吗？

得到了肯定答复后，她对东方劫说："这病，我或许能治。"

【四】

"无琴姐姐！姐姐你在里面吗？你出来！出来一下，快！"

突然传来的急躁拍门声和牧贵雄混杂在狎司怒喝中的声音，刚巧解救了琴无琴的窘迫处境。

结束了对话后，琴无琴请东方劫离开房间，结果他倒靠上来，直逼得她跌坐床沿。他双手撑住床头将她圈在自己一双手臂中，半是认真半是调笑地问："有你这样待客的吗？"说着，他凑上来贴在她的脸颊边轻声叹，"你清楚得很，男人来这里是有什么目的。"

琴无琴感到他的气息从自己的耳边游走到脖颈里。

虽然他没有碰触自己，但不曾有过亲密经验的琴无琴总觉得浑身不自在，并不是不舒服而是一种难以言说的别扭，她感到自己浑身皮肤都痒得厉害，四肢又软又僵硬。面对东方劫的挑逗，她完全给不了任何反应，笑不出来也发不了怒，心乱如麻中，所幸有门外的传唤声替她打破僵局。

在东方劫为门外的吵闹分心时，她借机撞开他，边回身指着他道："记住你我之间的约定！"边朝门外跑去，一副侥幸逃跑的猎物模样。

"找我干吗？"猛地推开门的琴无琴把牧贵雄撞得朝后一个趔趄差点没站稳。

"姐姐你——"个子与琴无琴一般高的他正眼瞧见她涨红的脸，以为自己惹得她生气，便虚弱地问，"没事儿吧？"

琴无琴急吼吼地催促："我能有什么事儿？快说你找我干吗？"

"是冰雀她——你，你跟我去她那里吧，边走边说！"牧贵雄急着下楼，边在前头领路边侧过脸向她快嘴地交代事情缘由——

原来他已经打听到丘游住家，就在涤城城内几道几号清清楚楚，他的母亲的确生了一场大病但已经好了，最重要的是，这会儿他已经娶亲成家。

牧贵雄原本是想今儿个晚上来向琴无琴邀功的，结果却被老鸨说至少三天客满见不着面，他转念一想既然是冰雀要找的人，就直接去告诉她好了，让她在琴无琴面前替自己美言几句。

"你就这么直接跟冰雀说了？"琴无琴惊呼起来，似乎已经想象到将发生的事，脚下加快了步伐，几乎是飞奔着朝冰雀的房间去。

"小雄哪儿知道你要找的这个人是她的情人呀！"牧贵雄在后边追着为自

己哇啦哇啦地辩护，"再说啦！能是多大的事儿啊？没想到她听完后突然翻脸把我踹了出来，任我如何敲门也不开，小雄见她面色沉重，怕她有什么想不开的就糟了，这不赶紧来找姐姐啦。"

冰雀的房间就在眼前，琴无琴随手一把将牧贵雄推出老远，嘴中喝道："行了！你别跟着我，一边待着去。"同时提起裙摆粗鲁地抬起一脚就把上着门闩的结实木门给踢得大敞开来。

在西鳞楼内值钱的姑娘都住着随身价不同的大小套房，琴无琴见待客的小厅中不见人影，便往里疾走，耳边刚听到踢翻凳子的声音，就在卧室里见到身体吊在房梁上的冰雀。

琴无琴不及多想，身体抢先作出反应一跃而上把她救了下来，稳稳将人抱在怀里落在地板上后，见到冰雀双眼紧闭似已昏迷，她心慌意乱地连扇她数个巴掌，嘴中语无伦次地叫她名字："冰雀！别死！别死！醒醒！你傻啊！你疯了！"

"疼……"冰雀终于被琴无琴扇醒，喉咙中咕噜作响，"疼。"

"你……你……"琴无琴喘气看她，因为又急又气一时间竟无法整理语言。

待冰雀的双眼终于恢复澄澈，她看清了琴无琴的脸，竟一咬唇，委屈的眼泪哗哗地流下来。虽然经历了这许多事情，看起来比琴无琴要成熟稳重得多的她其实也是个和她一般大的女孩子。如今使她身在水深火热之中还能强撑身心守望的梦已破灭，她哑着嗓子颤抖地哭诉："无琴，我不想活了。"

琴无琴不是心思细密的人，血气方刚的她头脑发热地急言："不可以，我不许你死。我会把欺负你的人都杀掉！你别哭！你不该死，你不能为那种人渣死。你得活着，笑哈哈地看他们去死。"

"怨不得人，怨不得任何人，我是什么人？"冰雀的眼泪直淌进耳窝里，她情绪已完全崩溃，"我不过是个无家可归的青楼女子，竟作什么柴米夫妻的痴心妄想。"

"都会有的,你想要的生活一定会有。你振作一些!"琴无琴贴近她的脸,紧张而严肃地盯着她的双眼说,"你说过想离开这里的吧。"

冰雀似乎从她眼里获得了一丝丝力量,说话的语气不再那么虚无缥缈地问:"如何离开?我没从姨娘那儿拿过一分钱,这些年客人送的贵重首饰全给了……"她不愿再提负心人的名字。

"我向你承诺。"琴无琴斩钉截铁道,"一定会离开,所有人一起。"

等她安抚完了冰雀,并向她细说了计划后再回到自己的房间,东方劫早已离去,她精疲力竭地坐回床沿,轻触方才他坐过的位置,在心底期盼他记下了与她的约定。

即使得不到任何人的帮助,琴无琴为了冰雀也终于下了决心要尽快了断这一切。

【五】

终于来到了蓄谋已久的夜晚,琴无琴已经用狐媚之力放倒了她屋内的客人。她在忐忑等待整座西鳞楼从喧嚣尘上陷入静谧海底,约定的最佳动手时刻就在寅时。

打烊后,楼内除了少数巡逻的狎司,大部分客人们已经离开,少量留宿的客人也不会再在楼内堂而皇之地走动,正是行动的时机。

在冰雀的鼓动下,所有的姑娘们团结一心,听从琴无琴的指示,她的计划非常大胆。牧贵雄为她购买了足够的麻药,她分发给参与此事的姐妹们,由她们在楼内游走时趁机将药粉下在人们饮用的酒水中。

"应该差不多了。"琴无琴边自言自语边站起身,她早早换好了一身方便行动的枣红色短装——本该选择更低调的颜色,只是她柜中都是一件件各种或深或浅的红装——然后她像个少年般把长发以发带简单束起作男装打扮,许久没有脱下裙装了,她感到还是这样自在。

她把所有值钱的细软都装进包裹，犹豫了一下后把玉玲珑也用布包好背在身上。身边没有兵器的她瞧着门外晃动的两个看守人影，只好赌一把运气，她转了转脖子，双手捏得咔咔作响走过去。

蠢货，非要多管闲事，偏要带上这许多累赘，你自己一人行动的话我们早已出城了！你若是死了，我倒正好，占据了你的身体后想去哪儿去哪儿。
——对此计划反对到底的花昭锦一直在赌气沉默，临到关头才突然说话。

琴无琴不理他，径直推开了门，不等其中一个粗脖阔肩的狎司完全转过身来开口问怎么了，她就以迅雷不及掩耳之势飞起手刀下狠劲将他击晕，另一个狎司反应过来边呼叫帮手边好像秃鹰般张开胳膊扑向她，没能趁势一口气解决两人的琴无琴急忙迎战，不能让他把别人引来。

并没能缠斗多久，狎司就被身后一个黑衣蒙面的人以匕首刺穿脊椎倒在地上，琴无琴退后半步定睛一看，对方与东方劫异常神似的双眼也正巧迎上她的视线，眼神中与她同样有些困惑。

确认眼前人不是东方劫，琴无琴低声质问："为何要杀他！我并不想闹出人命。"
"大……"黑衣人便是东方劫的胞弟东方祈崃，他本想说"大哥"，半路有所顾虑改口为"大人"，他对兄长的命令向来是不问缘由只管执行，却为眼前这个酷似秦慕遥的少女疑惑了，因为没见过她几面，他又想或许认错了人，"大人吩咐不留活口，你这就下楼去大厅与其他人尽速离开，我们的人等会儿就要放火烧楼。"
他说完后突然拔刀割断了晕倒在地的另一个狎司的咽喉，接着转身敏捷地飞过护栏落到了下一层楼，整个动作如行云流水一气呵成，不待琴无琴作出任何反应。

平日喊打喊杀的琴无琴，这会儿真见到两个刚才还活着的人寂然无声地躺在地上，即使对方不是好人，就这么眼睁睁看着他们失去生命也叫她于心不忍。

是她请东方劫帮助她们完成这次集体逃离，但是她没有请他杀人甚至焚尸。

早警告过你，东方劫是个危险人物，你还向他求助，不过像他这样干净利落的做法的确值得称道，至少可以清理掉你们这些耽于妇人之仁的蠢货遗留的证据，官府要彻查的话相当复杂，时日冗长，足够你们逃到天涯海角了。

——难得花昭锦竟会赞扬东方劫，却叫琴无琴实在无法认同他的看法。

不过木已成舟，琴无琴眼下无暇顾及太多，只求顺利平安地领着所有姐妹离开这里，她一路朝楼下跑，见到一间间房门已经敞开，接二连三有姑娘从里面慌张地小跑出来，提着沾血小刀的黑衣人静默无言地闪现在各处。

来到大厅，琴无琴见到所有人慌成一片，因为与之前她向大家提到的计划不太一样，不多久后就有滚滚浓烟气味扑过来使人更加焦灼不安。既然所有不相干的人已经被东方劫的人"处理"，琴无琴便不再小心行事，她冲众人喝令道："全部去西边郊外的码头集合！分散开，待在隐蔽的林子里。不要慌，照计划进行，目前一切都很顺利。"

说完，她向近在身边的灵栩点头授意她来组织。灵栩得了意思后立即招手叫大家跟她走，于是身上怀里大包小包装了许多值钱物什的姑娘们纷纷如群涌的游鱼般从西鳞楼的后门散开去。

琴无琴旋即转身又朝楼上奔去，她早已注意到冰雀不在人群中。

第五章

碧落

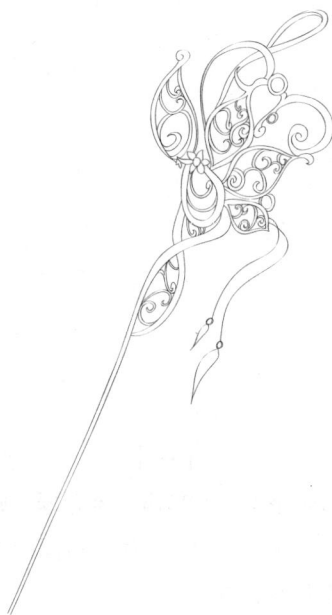

【一】

火已经烧起来，耳边全是劈啪作响声，琴无琴以屈起的胳膊窝遮住口鼻在掉落的灰木屑和呛人黑烟中左躲右闪，朝冰雀房间跑去，来到门口朝里面边叫"冰雀！"边踹开已经脆弱不堪的门。

是那个络腮胡！琴无琴睁大双眼，那个在冰雀后背上留下网状刀疤的凶残男人，此刻凶神恶煞地立于墙边，他手中的一把长剑贯穿了冰雀的腹部，将她钉在了木墙上。

双手紧握剑身的冰雀满脸是汗，她虚弱地瞟了一眼琴无琴，张了张嘴角，溢出汩汩血液的嘴欲说些什么，却一垂头昏了过去。

琴无琴想起来当她向冰雀提到整个计划时，她的确双眼炯炯地提到要"有仇报仇，结束一切"。她本以为她在说等离开西鳞楼后要找丘游对质，原来她在今夜约了这个男人！从现场一个摔碎的酒杯和一片狼藉来看，恐怕是冰雀给他下药失败，搏斗了一番后被他制伏。

"又来一个陪我上路的吗？"络腮胡转脸看见琴无琴，脸上表情更加邪恶亢奋。他并没有拔出刺穿冰雀的剑而是更用力往里一捅，使得已经昏迷的她身体抽搐了一下后更加一动不动好似已经死了。他张开双手在火焰中朝琴无琴狞笑道："黄泉路上左拥右抱两个美人，老子也不算白活一场。"

怒不可遏的琴无琴双眼顿时一片漆黑不见一丝眼白，她以人类不可能发出的低音尖吠，嘴中獠牙清晰可见，不等男人惊诧，她一甩指甲突变锋利兽爪的手，以大得异乎寻常的力量拍掉了他的脑袋。

在血液飞溅中，琴无琴猛然惊醒过来，她惊恐迷惑地看着在地面上滚动的头颅和自己已经恢复如常的右手掌上满目殷红，第一反应是花昭锦又不打招呼借她身体使力做了什么，但眼下危急环境不容她费时诘问。

"冰雀！"她扑向只剩吐息的冰雀，心如火焚地轻轻拍打她的脸，"冰雀！"她顾不上火势正逐步将她们团团包围，坚持一声声唤她的名字要带她走，"只差一步！我们马上就可以离开这里了，你再坚持一下！你给我醒过来！"

气若游丝的冰雀如她所想微微睁开了眼，嘴角勉强地牵起笑容问："你……你很……喜欢打人巴掌吗？"

琴无琴感激地双手抓住她的肩膀，红着双眼说："你醒了！一直睁着眼，我不会让你死的，别怕，我们这就永远地离开这里了。"

见她对自己如此不离不弃，冰雀双眼噙满泪花地轻叹："世上再没人像你这般对我好了。"她使出浑身仅剩的一丝余力抬起手轻搭在琴无琴的手臂上，随着一声"谢谢"后终于又无力地垂下，头也跟着耷拉了下去。

"不！不！不！别这样！"琴无琴以獠牙闪现的鲜红嘴唇嘶吼出声，她的双眼一瞬漆黑一瞬又恢复正常，似乎情绪完全陷入了紊乱，"你不会死，我不准你死！"她像是寻求最后一根救命稻草般抱着冰雀仰天咆哮，"花昭锦！救她！"

记住你欠我这个人情——花昭锦没有无视琴无琴的求助，开口道，让我进入她身体。

没料到一直表示要袖手旁观到底的他竟然会愿意帮忙，琴无琴大喜过望地问："怎么做？"

花昭锦说方法很简单，琴无琴听他说明后便急忙捧起冰雀的脸，不顾她满口鲜血地将自己的嘴唇压上去，接着就感觉到体内有股成形的热流好像一只疾驰野兽般沿着腹部到胸腔，穿过喉头由口中狂冲出去。

虽然花昭锦一直是不可见的存在，但琴无琴此刻却无比明晰地意识到他已经脱离了她，借由她们唇唇相接去到冰雀的身体中。

"花昭锦？"琴无琴感到身体有些微的脱力，她额上冒出许多虚汗地喘着气轻拍冰雀的脸问，"花昭锦？你在吗？没事了吗……冰雀？"

冰雀睁开眼，眼球漆黑一片，被火光映得脸上有血红光影窜动的她鬼魅一笑道："是我。"

"花昭锦？"琴无琴退开半步，犹疑地问。

冰雀深吸一口气，一手抓住剑身埋进身体中的剑柄，以享受般的速度缓缓将它抽出来，血肉和骨骼的撕拉磨蹭声和她沉重的喘息刺激着琴无琴的感官，她惊惧地又后退半步，震惊地看着她就那么无所谓地将剑从鲜血淋漓的身体里拔出来。

随着剑被"当啷"一声扔到一边，冰雀低头检查了一下肚子上还在汩汩流血的血洞，撕下一大截衣袖简单地绕了好几圈后扎紧。

"我感觉得到。"冰雀抬起眼，盯着琴无琴妖媚一笑，说的话却阴森可怖，"她快死了。"

"花昭锦……"琴无琴确认了眼前站着的人究竟是谁。

已经被花昭锦的灵魂占据了身体的冰雀，叫琴无琴瞪眼看得入了迷，她自然知道冰雀生得很美——只是她站在火光焰海中抬手将去遮住面孔的发丝，伸出朱红舌尖舔去唇上的血，缓缓转动泛着光泽的眼球斜睨过来——这所有细微的动作眼神早已不是琴无琴熟悉的冰雀，此时此刻的她美得夺人心魄，已经不是自古以来任何一首赞美诗词所能歌颂。

这就是狐妖。琴无琴回过神来，她后知后觉地了解到花昭锦的狐媚之力有多强大。

不等琴无琴说些什么，已经被花昭锦掌控身体的"冰雀"转身冲破已经被熏黑的窗户，琴无琴见状立即飞身追出去，只见她身形如电动作迅捷地跳跃在一片片屋顶之上，琴无琴要铆起劲才勉强跟得上。

熊熊烈焰冲天的不止西鳞楼，还有冰雀的姐姐喻雪所在的北杏园，这两座在涤月城内堪称地标般惹眼的华丽建筑如今成为了两支拔地而起的高大火炬。这时还在空旷萧条的街上行走的赶路人，无一不被吸引了视线，他们哇哇呼喊起来朝天空通红的方向跑过去一探究竟，引得更多人从睡梦中醒转，稀稀落落的推窗声此起彼伏。

顾不上被下方街道上奔跑的人发现的危险，琴无琴遥遥冲前方喊话："你要去哪里——"

直到前面那一抹暗蓝身影落在一户人家的瓦砾屋顶俯下身去，终于静止不动，琴无琴左右查探方位的同时意识到了什么追上她，落在她身边也矮下身，压低声音急问："你要干什么？"

"我感受到了空洞、寂寞、悲凉、悔怨和仇恨，好似没有星光的黑夜。"——花昭锦在描述他从冰雀身体中感受到的无限黑暗的情绪，却是用兴奋的语气——"可怜的家伙，就让老子来抚慰你这只苟延残喘的小鸟儿吧。"

听了这番话，琴无琴证实了自己的猜测，这里是丘游的家。

【二】

睡得正沉的丘游迷迷糊糊地被身边的妻子推醒，她叫他静心听，卧室外的院子里有砖瓦翻动的咯咯声和比起狗吠要低一些脆一些的野兽叫声，又似哀怨人声。

妻子说这一声接一声忽远忽近的，听着怪瘆人的，她叫丘游起身去院里看一看，是不是有野狗黄鼠狼什么的从哪儿钻到墙这边来了。

丘游百般不情愿地披上一件外衣磨磨蹭蹭地下了床。

紫蓝天边压着一丝微微光亮。来到院子里的他因为穿着单薄，所以在无风静夜也感到轻微的寒意从脊梁骨尾端蹿上来，搓了搓手又跺跺脚，他没见到任何可疑的动物踪迹，刚转身准备往回走，被眼前挡路的人吓得倒吸一口冷气，双手捂住嘴闷声摔坐在地上。

他不敢叫的原因是来者竟是"冰雀"，他不能叫屋里的妻子听见动静走出来看见她，他从没向家里交代过在西鳞楼里与一名当红花魁互许终身的事。

"冰雀，你、你……"丘游抬手指着"冰雀"本想问她怎么会找到这里又怎么会在这个时辰出现在这里，但是注意到她身上好像硕大红花般绽开的血迹，吓得声线颤抖地问，"你怎么了？"

"冰雀"歪头露出惹人怜爱的表情，眼含秋水地幽怨问他："你为何要背叛我？"

丘游忘记合上张着的嘴，就这么呆呆地仰脸望着在月光下着一袭破破烂烂的水蓝裙装露着半边雪白手臂的"冰雀"。他曾经就是为她的美丽容姿倾心绝倒，但是今夜的她虽然披头散发又一双眼珠子黑得怪异，却格外美得勾魂，胜过以往他热爱她的任何一个时刻。

他正痴痴瞧得出神时，一个红衣少年落在"冰雀"身边，抓住她的手腕似要拽她走，他见那少年乌发高束，唇红肤白，鼻子下巴到细长脖颈的线条精致得无可挑剔，明眸更犹似星辰，和"冰雀"站在一起好像云上的少年仙侣。

被对比得高下立见的丘游立刻妒火中烧起来，同时又见那少年眼中嫌恶地扫视了自己一眼，他备感屈辱地从地上爬起来，挺胸抬头站好，心想不过是个长得好像女人的小矮个，他才是冰雀芳心所许的真汉子。

完全把床上等他的妻子忘到九霄云外的他急忙向"冰雀"解释："冰儿，我从来没有忘记过我们之间的事，可是我真的身不由己，家母重病花了许多钱，我们家道中落急需与富裕人家联姻来重振家业，我也是受害者啊！"说罢，他欠身伸出手去想握"冰雀"的手，却见她动人眉眼勾勒笑意，抬手按在他胸口。

他以为她要推开她，却也是以这般娇滴滴撒娇的模样，想是果然她也忘不了自己，脸上便露出打情骂俏的得意笑容来，想继续说些什么时却感到身体有些异样，像是冷风真真切切钻进了肌肉里来。

他低下头，看见"冰雀"的手埋进了他胸口，只有纤细的手腕露在外面。

"冰雀"舔舔唇娇笑道："很烫呀。"她的手再用力往里一推，穿过了丘游的胸膛。

站在一边的琴无琴眼见一只手抓着还在颤动的心脏从丘游的后背穿了出来，这不可思议的血腥画面叫她瞠目结舌。在她愣神的这一瞬间之后，冰雀体内嗜血的妖兽像是久旱逢甘露般亢奋起来，将手中的心脏以异常刺耳的"噗叽"一声捏碎后，竟挥起一双利爪把已经死亡的男人身体撕了个粉碎。

"够了！"琴无琴尖叫起来，虽然她也认为丘游咎由自取，但如此下场也未免太过悲惨。听得屋里传来女声惊慌喝问外面怎么了，她连忙抓住"哈哈"狂笑的"冰雀"，奋力飞上屋檐，跃过墙去。

【三】

皓月当空下，在如湖上荷叶般毗连延续的屋顶上，琴无琴和"冰雀"你来我挡，不相上下地飞快过着招。

不知是花昭锦不习惯操控冰雀身体还是因为冰雀此刻身负重伤的原因，琴无琴感到他的武艺修为远不如东方劫，与他拳掌对垒能渐渐占据上风。

"别逼我对你使出妖力！"被逼得节节败退的"冰雀"冲琴无琴张嘴号叫，亮出嘴中獠牙。她双手指甲长而锐利，在与琴无琴打斗中已经尽量避免碰到她，但还是会不小心划过她的衣物。

被她指尖碰过的布料会"吱啦"一声脆生生地撕开，连底下的皮肉也难免瞬间浮出一道血线。琴无琴已经意识到花昭锦让着自己，不然她早已是丘游那个下场，或是冰雀屋里那个尸首分家的男人——想起那个画面——她喝问："你当时为何不与我招呼就擅自借我之手切了那个人的脑袋？"

"嗯？""冰雀"像是不明白她在说什么似的歪了歪头，然后嫣然一笑，"那是你干的。"

"什么？你最好给我解释清楚！停下！"琴无琴试图去抓住"冰雀"，但她动作太快了，她气急败坏地吼，"老老实实跟我去与灵栩她们会合！"

"本少爷为何要听你指挥？现在我大可自由自在想去哪儿去哪儿！反正她的意识就快消失了。"

"你——你是说冰雀快死了？"

"不然你以为我怎能随意使用这身体？""冰雀"冲琴无琴张开双手挑衅地舞动十根手指，笑得眼睛弯起来，"待她主人灵魂消逝后，这空壳就归我了！"

"不可以！花昭锦，你不是这样的人——"

琴无琴突然情急破音的一声暴喝叫"冰雀"怔住了，她停下动作含胸驼背地凝视着她，蹙眉冷笑，"人？你在说笑吗？我不是人。我是狐妖。"

身后是一轮低压屋檐的如盘圆月的她浑身浸浴在冷湖月光中，在琴无琴眼中美得邪气横生。

她想，如果他回到他口口声声的人形皮囊里，会有多美？她想，如果真如他所说回到自己的身体里就有无边法力，那杀人如麻的他又会有多残忍？

"冰雀"难以分辨情绪的黑瞳中有一闪即逝的犹豫混杂着忧郁，她细声细气地低吼："我是颠世狐妖花昭锦！"然后弓起身子，似要发起动真格的攻击。

"我知道。"

突然从天而降的清泉般嗓音叫她慌乱地转过身，同时跳到了琴无琴身边，因为对方身上静远而高洁的气息对她是紧迫的威胁。

玄荆高挑身形落在砖瓦上却轻巧无声，他说话的嗓音也极为温和，好似缓缓流涌的山涧小溪，"颠世狐妖，你终于又出现了。这许多日子里，气息藏得真好。"

是追杀花昭锦的那家伙！琴无琴下意识抬手将身边的"冰雀"护在身后。

她这举动叫花昭锦借着冰雀双眼看在眼里后轻笑一声，接着一伸手够向琴无琴猛地拦腰把她环向自己道："把冰雀还给你。"
说罢便倾身吻上还不及反应的琴无琴。

琴无琴感到一股激流般的冲击力进入身体，她知道是花昭锦又回来了，果然冰雀的双眼旋即恢复成正常人类的模样，在她的身体柔弱无力地倒下去前，琴无琴连忙抱紧了她，低头见她腹部伤口又开始渗血。

亲见这一幕的玄荆立刻明白了自己追踪的狐妖气息为何会无故消失，又为什么在琴无琴身上能觉察到隐隐约约的妖气。

玄荆正琢磨着该如何处理眼下情况时，琴无琴抱着冰雀冲他喊："玄荆，你快救她！"

"咦？"终于听到她叫他的名字，玄荆思绪被打断。

"她叫冰雀，只是个凡人，不是你要杀的妖怪。"琴无琴几乎是以哭腔在恳求他，"你能不能救？你一定能。"

玄荆迈上一步匆匆看了一眼伤处，将冰雀从她怀里接过来打横抱起，转身道："在下的铺子里有药，走。"

原来琴无琴在与花昭锦追赶缠斗中来到了福润酒家附近，玄荆就是在酒楼边的巷子里搭了个简单的小铺子为人把脉诊病。

琴无琴感激地跟上去道："谢谢。"

"千年狐妖在你体内，你定要将他交给我。"玄荆没有看她，自顾望着前方忧心忡忡地说，"千百条无辜性命等他赎罪。"

【四】

豆青色天幕下是绵延起伏的翡翠青山，杳无人烟的漫漫长路上有一台由一头驴子拉的木头小车正在慢慢移动，车轮轧在湿润黝黑的泥地上发出的轱辘声闷闷的，好像是这头懒洋洋的驴子在闹脾气似的鼻孔出气声。

刚下过雨的空气像是有风将清新的翠竹递到人的鼻子下边，坐在车前赶驴的玄荆深深地吸了一口，脸上常在的笑意微微加深了些，抖了抖肩后整个身子闲适地放松下来。

但是在车里的琴无琴却不像他那般安逸，她时刻关注着昏睡中的冰雀，为她定时换药、擦拭额上的汗水。这几日来，冰雀一直昏昏醒醒，眼珠子能跟着琴无琴的脸移动，但始终说不出完整的话来。

到今天，她终于可以断断续续和琴无琴对话了："我们……在哪儿？灵栩和姐姐……她们呢？都好吗？"

琴无琴轻拍她的手背说："你伤得太重了，无法按照原计划和她们一起前往玉岛。"

冰雀利用牧贵雄这个中间人往返北杏园与姐姐喻雪通信，姐妹俩一致认可了琴无琴的计划并确认了最终目的地。姐妹们带上所有值钱财物于涤月城西郊码头集合，有家可回有地儿可去的姑娘领一些财物自行离开，无处安家的姑娘愿意跟着大家伙一起行动的，为避人耳目分成若干小队，走不同路线抵达玉岛。

玉岛是东莲国境内无名湖上的一牙弯月形浮岛，因面积不大的岛面青翠碧绿所以被称作玉岛，久而久之怀抱它的湖泊也被顺理成章叫作玉湖。周边柳树成荫，青草茂密，人烟稀少，相距最近的城镇策马狂奔过去也要大半日才到。

玉岛本是冰雀家祖上的财产，在举家劫难之后现在是一块无主之地。因为面积狭长又未经建设，周边生活也不便利，所以玉岛常遭世人遗忘，但若有心，在这岛上想要容纳千人左右绰绰有余，从西鳞楼和北杏园里出逃的姑娘们也就百来号人，既然有了许多财物，合力将其建设成与世隔绝的世外桃源正巧合适。

·

"那个晚上情况复杂，我没法将身负重伤又昏迷的你冒险交给她们，所以只好带你在身边疗伤，使你不得不跟着我们走上一段路程。我想，你姐姐和灵栩她们见你没有露面，猜想我们可能分路会合，现在她们应该在将到玉岛的路上了。"琴无琴安抚眼圈微红、两颊深陷的冰雀道，"你不要着急，等你伤养好了，就可以去和她们一起过安稳平静的日子了。"

冰雀听了后动作轻微地摇头，她反手握住搭在自己手背上的琴无琴的手，气息虚软地说："不去……你去哪里……"她顿了顿，尽力提高音量以坚定的语气道，"我想跟你走。"

琴无琴见她冰冷纤瘦的手十分无力地在轻轻发抖，想是冰雀经历了这一次死里逃生之后难免对一切都感到惴惴不安。她尽可能以轻柔语气哄她："别害怕，我会一直守在你身边到你完全康复为止，以后再也不会有人能伤害你。睡吧，你要多休息。等会儿我弄些吃的给你。"

真是对你刮目相看，不需要狐媚之力也能叫人死心塌地跟随你哈哈。

花昭锦又在脑海里说话，琴无琴等冰雀合上眼后才在脑中和他一来一回地对起话来。

据花昭锦所说他的身体存在东莲国极冷边境一世人难觅的隐蔽处，现在他寄宿于琴无琴体内，玄荆想除妖也没办法，只能当一回车夫将他和她送到目的地，待花昭锦离开寄宿体后再动手。

琴无琴与花昭锦相处已久，多少产生了熟悉的情感，就算觉得他不是很讨人喜欢但也很不愿看他魂飞魄散，她问他：你要怎么逃？

——不逃了，待我取回自己本体，就和这位百里玄荆硬碰硬斗一场，他不会是老子的对手。

她想玄荆竟然追他追得这般紧，只因为他是狐妖吗？琴无琴有些犹豫不决地问：他说你杀了许多人？

对于这个问题，花昭锦先是一阵沉默，然后以冷酷果决的口吻拒绝了再深入这个话题：没错。我是狐妖，杀人还需要向人打招呼？

接着脑海中一阵漫长的静寂无声叫琴无琴很有些寂寞，她已然习惯在外人看不见的地方有个聒噪的声音一直在吵吵嚷嚷了，虽然大部分时间他都是在对自己冷讥热嘲。

她换了个话题问：你当时真打算不顾冰雀生死就那么占了她的身体……抛下我，自己走？

我只是想去吃一顿油炸豆腐就烧酒，之后就把她还给你。

——花昭锦这回倒答得很快。

"哈。"琴无琴憋不住笑出来，轻声自语，"你真的很喜欢油炸豆腐……等这所有破事尘埃落定，我做给你吃。"

你虽是个野人，倒是做得一手好菜。

——花昭锦的话里也有笑意。

不会让你随随便便死掉的。即使你是个坏妖怪。琴无琴想，至少不能看着你在我面前死。

【五】

在成山海之势的金色芦苇前，玄荆架起一口锅正熬粥，他的驴车停在稍远的树荫下，棕毛懒驴耷拉着脑袋似在小憩，但一双长耳朵不住挥拍着小飞虫。一阵一阵带着水腥气的风刮过来，摇得树叶沙沙轻响，芦苇一浪浪被压下去又抬起来，很像是被大手轻抚过后背的兽毛。

玄荆端坐在咕咕作响的铁锅前，姿态闲逸得很，仿佛锅里煮的不是白粥而是玉露佳肴。出了涤月城已大半个月了，这一路虽遇上过几次梅雨淅沥，但大部分时间都是这般云淡风轻的好天气，叫他的油纸伞派不上半分用场，像这样的阴天最能使人昂首眯眼产生一种尘世悠悠好，生来无牵挂的错觉。

"又是粥！"行事作风总是风风火火的琴无琴依旧一身男装，嘴中咋呼有声地出现，像是这幅幽静山水画中唯一有活气的点缀。"你好歹在里面撒点葱！白粥喝了这么多天想淡死我们吗？"她手中提着一尾肥草鱼，半身湿漉漉地走过来。

冰雀寸步不离地跟在她身后，手中抱着一个扁竹篓，里面装着鲜蘑菇、胡萝卜和圆白菜，还有大葱和黄姜，都是水洗净的，个个上沾着讨喜的水珠子。

不等玄荆发问，琴无琴一手搭在冰雀肩上得意地对他说："刚才我们去捕鱼的路上，遇到一对正收完菜往回走的老夫妇，他们盛情邀请我们去家里做客吃饭，我说不行啊，我娘子的大哥还在等我们回去。他们就送了这些好菜，今天你有口福了。"

"哦？"玄荆好奇地眨了眨眼问，"什么娘子？大哥？"

"哦，老人眼神儿不好误以为我和冰雀是一对年少夫妻，因为他们没有子嗣，对我们可是喜欢得很呢，挽留了许久才肯放我们走。"琴无琴转脸嬉笑地问冰雀，"我不过是顺着老人家的意思讨他们高兴，你没生气吧？"

"没有。"冰雀面无表情地匆匆走到一边去道，"我来切菜。"

"好，我来露一手。"琴无琴将草鱼扔在一块平滑岩石上，边挽起袖子边指使玄荆把锅腾出来，然后去给冰雀打下手。

想到自己孑然一身逍遥快活的日子竟然被两个素昧平生的小丫头给硬生生打断，玄荆无奈地叹口气，慢腾腾走向冰雀身边，看她秀眉轻颦，面色桃红，很吃力地和蔬菜较劲。

他禁不住微微一笑，这小姑娘，这许多日子里好像不分昼夜都在生气。

当伤病初愈的冰雀洗去一身胭脂俗粉，脱去染血的华服裙裳，换了一袭简洁干净的寻常女儿服装后，玄荆才发觉她是个和琴无琴一般年纪、水灵灵嫩生生的小姑娘，不是他初见时那个在月夜下魅惑撩人的青楼花魁。

比起琴无琴的大大咧咧，冰雀更谨言慎行，总是一副防备预警的模样，看起来要成熟稳重得多，但其实也是另一番幼稚的孩子气。

"你不会切菜吧？让我来。"玄荆去接被她握在小手里格外显沉的乌青菜刀，他见她身体明显往后缩了一下，心里漾起果然如此的笑意，但面上还是一本正经地看着她，直到她把刀柄递过来。

"我一个人来去惯了，嫌做菜麻烦，自己很少做，但以前给师兄弟们也是做过许多的。"他动作熟练地将胡萝卜切成丁状边说，"刀要斜着拿。"

冰雀看了一会儿后，拿起圆白菜在一边用手剥起来，嘴中道："我家是有厨子的，后来被卖到西鳞楼，我会陪男人就好了，不用会做菜。"

说者无意，听者有心。这番话叫玄荆一时不知如何接口，他抿嘴细心做着手里的活儿，听得耳边是一叶一叶菜叶被剥离菜心的清脆嘶啦声，半晌后，他问她："吃过饭后，还跟我学剑吗？"

"嗯。"

她这细若无声的一声答应，叫他的心安定下来。

似为掩饰方才一瞬间的尴尬无措，玄荆逗她，"不叫我师父吗？"

她不应声了，但是斜了他一眼，又是那种对他很生气的样子。她坚持叫他"百里公子"而不似琴无琴般直呼其名，像是要故意拉开距离。

当她能下了车来走路，琴无琴向她介绍玄荆说"这是你的救命恩人"时，她很优雅地欠身道谢，但背着琴无琴时却冷冰冰地对他说："别以恩人自居，赐我新生的是无琴。"

玄荆正莫名奇怪自己是做了什么被她讨厌了？却在一个月明星稀夜，她又主动上来搭话。

当时他正在树下以落叶为敌练习拳掌功夫，没有睡的冰雀下了车来在一旁看了一阵后突然开口问："你会用剑吗？"

玄荆收了最后一套拳后，笑着看她道："会啊。"

"那你为何不练剑？没见到你佩剑。"

"因为利剑出鞘，非死即伤。"玄荆冲冰雀摊开右手又合拢，"在下不喜欢见血。"

"我喜欢。你能教我吗？"

她如此说，玄荆一怔后才领首，"可以啊。"

"要学就学一击毙命的剑法。"

她音色笃定冷酷，双眼里盛着蓝盈盈的月光。玄荆想，她吃过许多苦吧。

于是以一截断枝代剑，玄荆教得耐心，她学得勤勉认真，又因为儿时跟镖局师父学过扎实的基本功，所以进步很快，就是很急躁，巴不得一步登天。

玄荆说过她几次，见她面上答应，依旧练得汗水淋漓急于求成，便也无法，索性依她刚烈性子教了许多急速的剑法。他边丈量着她一招一式的准头，边不解地发问："你既不上场杀敌，也不浪迹江湖，为何想习剑？"

"保护自己——"冰雀挥出杀气凛凛的一"剑"，在老树身上劈出一道长痕后回身道，"保护自己想保护的人。"

玄荆摇头苦笑，在心底愿她从今往后安详平和，再无苦吃，亦无提剑之时。

【六】

终于忙出了这么多天以来最像样的一顿饭，三人围着冒着滚热白烟的大锅吃饭。

因为材料所限，琴无琴豪放地将各种蘑菇胡萝卜青菜直接扔进鱼汤中煮，加了好心老夫妻给的葱姜蒜做调味，喷香的热气直往上冲，玄荆笑说："这要是把熊惹来了怎么办？"

"那这位英雄你去挡着，我和冰雀会满怀感激地抬着锅先跑。"琴无琴笑得明媚，这些天来冰雀跟着玄荆练剑，她就在车上睡大头觉，精神饱满得很。她见玄荆正喝鱼汤便调侃他，"我还以为你不能吃肉。"

"我又不是和尚。"玄荆也笑眯眯的。

"你们除妖的不是和尚是什么？"

一直绷着脸的冰雀听了也"噗"一声笑出来，她用膝盖撞一下琴无琴道："你呀，百里公子不是有头发嘛。"

玄荆见惯了她消瘦又苦大仇深的脸，如今面颊终于饱满起来，这么一笑好看得犹似水润的蜜桃，他垂眼盯着碗里奶白的汤，面露浅笑抿一口，道："真美。"

"是很鲜美。"冰雀点头表示赞同，端着碗侧眼看着琴无琴，"无琴很会做菜，在西鳞楼里她常常偷偷跑去厨房里做各种各样的好吃的，拿给我吃，她做的什么都好吃。"

面对夸奖从不谦虚的琴无琴得意地一甩脑后的马尾，嘴角笑出猫唇的弧度道："哪里哪里。"

好像她的一举一动都能惹得冰雀笑意更深，她湿润的眼睛里倒映着她的模样，笑得眼尾弯起来。

微风轻扬，抚弄着玄荆后背上搭着的两条长长的黛蓝发带好像小狗的尾巴般摇摇摆摆，他瞧着冰雀自然流露的笑，只盼她今后都这么笑下去。

在琴无琴体内对这其乐融融的场面心生不耐的花昭锦叫道：嘿嘿，猪啊！你别光顾着吃，快替我打听清楚了这百里玄荆究竟什么来历。

被提醒了正事未办的琴无琴借着话头继续向玄荆发问："你们除妖师是收钱抓妖吗？还是替天行道？"

"无琴姑娘误会了。"他摇了摇头讪笑一声，"在下既不是和尚，也不是除妖师。"

他说他来自一座凡人若无缘分，耗尽一生也难以攀至顶峰的高山。

"比庶红山还要高吗？"

"高得多，云层之上。"玄荆的音色很像一条满载岁月静静流淌的河，"一百年前，我是个从炼狱战场上逃出的俘虏，误打误撞上了山，也是命中注定，直到濒死之刻我竟抵达了山顶，见到巍峨宫殿和许多风骨神采犹似仙人的青年男女。"

琴无琴再也忍不住地打断他问："等等！一百年前？你……你已经活了一百多年了，那你，你应该是个老得不像话的老爷爷了呀！"

"从人间传说来看，那是一座'仙山'，冒死挑战上山的人是为了修仙，成了仙，就可以长生不老。"玄荆耐心地给琴无琴解释，"其实是讹传，山上的人也会衰老，只不过比普通人要慢许多许多。"

"你是说，你是神仙？"琴无琴难以置信地咽下一口口水。

"非要说的话，我师父大约算得上仙人。"玄荆"呵呵"笑了，"在下不是，至少目前看来还差得远呢。师父有意栽培我接任师尊座前护法，他听闻世间有一只祸害万千的颠世狐妖，便叫我下了山来游历凡间累积见识顺道为民除害，修个功德圆满后再回山进修。"

他竟然是天山的人。麻烦了。

花昭锦突然插话，琴无琴从他的语气里听出有些心虚，看来百里玄荆不如他所想的那么好对付。

别担心。他伤不了你。琴无琴在心底安抚他，面上装作不经意地朝冰雀看一眼，眼神中意味深长。

接收到她投来的视线，冰雀收敛了笑容的同时垂下眼去，以此作点头示意她：知道了。

冰雀的指尖轻轻抠着手里的碗边，琴无琴托她办的事，她是一定会做到的。她重新抬起眼去盯着正为篝火添柴的玄荆想，无论琴无琴叫她做什么，她都会去做，无论是上刀山下火海，哪怕是伤天害理的事情，她也义不容辞。

这条残损不堪的薄命，今后就为她活着了。她如此打算。

第六章

远渊

【一】

玄荆一行人的小驴车离东莲国的极北边境愈来愈近了，这一天清晨他在树上被晨露滴在脸上，冷风一吹就醒了。

因为车里空间狭小，同行的又是两个姑娘，再一看湿乎乎的泥地，最后玄荆就只能睡在树上，好在这对他来说没有难度，这么多个夜晚，他都好像与树同体般一动不动地横卧在上睡得十分安稳。

他朝下看一眼，驴车与往常一样静静地停在树下，他再朝远处望一眼，前面是许多岔路。

玄荆翻身下了树，落在车边轻咳数声，他要问琴无琴接下来怎么走。等了一会儿不见动静，他撩开帘布，只见到冰雀一个人面色严肃地坐在里面。

"琴无琴呢？"玄荆这问话一出口，心中其实已经有了答案，他无可奈何地叹了口气，摇头苦笑道，"以妖气为标的现在去追的话，倒也不难。"

他放下帘布，转身欲走，冰雀从车里跳下来对他急叫："别追！"

见玄荆不理会自己，冰雀一咬牙摸起平日练习用的木剑——这是玄荆用木材为她削的，连剑槽也给惟妙惟肖地做了出来——她明知实力悬殊，为了琴无琴请她设法拖住玄荆追赶脚步的委托，也只能冒险一试了。

她挥剑朝他毫无防备的后背砍去。

玄荆清楚地感受到背后无遮无拦的剑风，其中存在的隐约杀气使他心口一瞬钝痛。

他旋即回过身以三五招简单拿下了她，其实只需要一招，但他怕自己掌力重了伤着她，所以尽量以非常轻柔的周旋方式打掉了她手中的木剑。

手中没了武器，性子倔得要命的冰雀果然如玄荆所料，赤手空拳也要和他缠斗一阵。

多耽误一会儿，玄荆能探察的妖气就要更稀薄一些，他不能再和冰雀好像儿童打架般无止境地纠缠下去，只好斟酌着力道一掌击在她单薄的肩膀上，把她震出老远。

他不忍地瞧一眼跌坐在地抚着痛处的冰雀，急匆匆地说："待我追上无琴姑娘，带着她再回头找你，你待在这里别乱跑。"跑出两步，又回头补充，"等会儿给我看看伤得重不重。"

只是没等他跑远，身后一声细弱的呼唤叫他又停了脚步。

"百里——"

等冰雀叫第二声"百里——"时，玄荆懊恼地转身跑回去，蹲下身关切地问她，"我把你伤着了？"

"伤口很痛。"冰雀脸上滑下几道汗珠，她低头皱眉很痛苦地摸着自己的肚子。

玄荆摇头苦笑，柔声责备她："你那剑伤尚未痊愈，就要和我打架，肯定会扯到伤口。"他伸手要扶她起来，冰雀意外地没有躲闪，而是伸手抓住了他的胳膊。

他见她抬起头来，面红耳赤地以一双盈满了水珠的眼很是为难又别扭地盯着他，张了张比樱桃看起来更味道甜美的嘴唇很是吞吐地说："别走，别离开我。"

她这羸弱可怜的模样，好像玄荆一旦拒绝了她，眼里的水珠子就会一串串噼里啪啦地掉下来。

多么难得一见她如此依赖自己，玄荆却欢喜不起来，因为他知道，她这番心伤落泪必定不是为了他。

冰雀好恨自己，她已经离开了西鳞楼，她在心底发誓从此再不向任何一个男人谄媚示弱，可是她却没有能力办好琴无琴拜托的如此简单一件事，最后依旧不得不向玄荆低头。

她的手顺着玄荆的胳膊摸向他的胸口，气息娇弱地仰起脸盯着他以撒娇般的口吻说："我想去玉岛，我受够了这一切，我一个人做不到，百里，你陪我。我想要你陪我。"

她是如此低声下气的姿态，眼底却全是执拗。玄荆已看穿她在逞强，她很脆弱却也坚毅，她一丝丝也不需要他，可是他却不想拆穿她。

"嗯。"玄荆勉力露出微笑，他感到勾起的嘴角边苦涩非常，原来一个笑容里是可以存在许多复杂滋味的。他感到自己浑身都散了架，轻叹口气，"我陪你。"

【二】

琴无琴离开玄荆和冰雀后，就一直按照花昭锦的指示前进，越接近目的地越感到昼短夜长、气温骤降，好在她带足了衣物，用厚实的毛巾将头脸包起来，最初几日还能找到借宿的农家，到现在却是除了一望无尽的绵亘山脉再难寻觅人烟，天空中一只鸟影也没有，只有远处层层叠叠的落叶松海中传来的野兽嗥叫。

到了夜里，琴无琴为了安全只好睡在树上，饥寒交迫中她想不明白玄荆怎么能在树上睡得那么安然自得，又想起他成日喝白粥都津津有味的，想他到底是半个仙人，恐怕对于凡人追求的一些诸如吃饱喝暖睡得舒适的基本欲望早无所谓了。

懒猪，别睡了。醒醒！喂！你醒醒！老子叫你醒一醒！

睡意沉重的琴无琴被花昭锦一声接一声的咆哮吵醒，她感到自己像是被他从冷寂的河里捞起来。她四肢都冻僵了，使劲动了动手脚后缓了好一会儿，她才坐起来，冷得抱住自己不住哆嗦，接着就抬眼看见一轮庞大无比的血红太阳悬在金色的山峦之上，美得像是被一网聚拢的火焰，她惊叹道："好壮观的日出。"

是日落！你这个草包野人！
——花昭锦又咆哮了。

原来已是黄昏，琴无琴意外自己竟然睡了这么久，可能这几天马不停歇地赶路太累了。

我还以为你死了！你怎么不干脆死了算了！
——花昭锦教训起琴无琴来总是没完没了，只是这次话里多了些紧张意味。

"呃……"琴无琴抬手挠挠脸颊，"嘿嘿"一声坏笑问，"你是在担心我吗？"

花昭锦狠狠地用力"哼！"了一声，不再说话。

琴无琴伸了个懒腰又搓了搓手，感觉身子暖了些就下了树，快到了，她望着远方一座将将映入眼帘的瀑布，那就是花昭锦的皮囊藏匿处。

太阳落山后，埋头前进的琴无琴感到有什么从无星夜河中落下来一片片贴在自己脸上，她抬眼看，从视线正前方以旋涡形态般卷动而来的是风夹雪。

她双手插在袖子里，以手臂上的温热为冰冷的掌心取暖，她庆幸花昭锦把自己闹醒了，否则她可能在这风雪中一睡不醒。

终于站到瀑布山脚下，这么一看，"真是……高啊……"琴无琴仰头长叹，心里有些打鼓。虽然花昭锦说他一直在不断输送妖力以支持她的活力，但毕竟琴无琴是个凡人，单是跋山涉水来到这儿，她没耗尽体力死在半路就已经是多得她体魄强健。

这会儿她已经是双腿发软，手指脚趾都木木凉凉的没了知觉，但终点就在眼前，她深吸一口冷空气，"哈！"的一声沉住气，朝峭壁冲过去，她要一口气登上湍急瀑布边一块凸起的岩石。

一鼓作气冲到半途，琴无琴脚底一滑又滚落半截，她双手好像划水般去抓能抓住的所有石块和藤蔓，听得耳边"哧哧啦啦"的各种碎块滚落声，她大气不敢出地集中精力稳住身子，终于紧紧贴在岩石壁上，小心翼翼地呼出一口气。

整个过程花昭锦一声也未吭，很显然也憋着气，怕惹她分神。

双手掌心鲜血淋漓的琴无琴回首朝下望一眼哗哗作响的河流，回想起自己从庶红山跌落时的一幕，至今心有余悸。

你放心大胆地往上冲吧，有本少爷保你不死。
——知道她在想什么的花昭锦作出承诺。

"好，老娘要是死了，做鬼也要缠着你。"在西鳞楼内待久了，琴无琴一激动也会说几句粗话，"奶奶的，在山里长大飞檐走壁还少了么我？就这么一小破山就想叫姑奶奶嗝屁？"

手心里火辣辣的痛楚使琴无琴动了怒，她咬牙猛力往上一蹬，气也不换一口手脚并用地爬到了面积并不大但表面足够平整的岩石块上。

终于抵达了花昭锦指定的位置，琴无琴瘫倒在地张开四肢大口喘气，等不及抚平心跳就发出"哈哈哈"的胜利狂笑，又粗鄙地骂了一串后才头晕目眩地以双手支撑着坐起来，这会儿身体里的力气真是全部掏干了，再一滴都挤不出来。

"接下来怎么做？"她环顾周遭，不明白花昭锦叫她来这不上不下的半空之地是要干什么，"如果你叫我跳下去，那你干脆让我躺在这里死了算了。"

跳到瀑布里去。

"啊？"没明白他在说什么的琴无琴一愣神。花昭锦又说：**跳进去，死不了。**

确认过自己没听错，她瞧着眼前好像狂怒奔腾的千万匹雪白骏马的瀑布，半晌才不情不愿地站起来抖抖胳膊抖抖腿，心说：臭狐狸，你欠我的今生今世是还不了了。

把心一横，琴无琴双手交叉护在眼前冲了过去。

琴无琴原以为自己会像一只被拍死在桌面的飞虫般拍在瀑布后的峭壁上——却竟然穿了过去——一瞬间的兜头冷水之后，她感到一股清冽之气扑面而来，睁开眼，竟是一个敞亮的洞穴，光源来自洞壁上的数盏油灯。

她没料到瀑布里竟是这样一番光景，迷茫莫名地走上前去随意打量，这些灯是精致的小庭雕塑，里面明亮的一团火光无声摇曳。

这是玄铁永烨灯，不强行以外力熄灭的话，可以烧上几千年。

花昭锦骄傲地向琴无琴介绍：你往里走，老子收藏的奇珍异宝多得你三天三夜也赏不够。

看来这里就是这千年狐妖的老巢了，还不知有多少稀罕玩意儿呢。好奇心起的琴无琴一时忘了疲惫，快步朝里走。

然后她就见到在一张有床那般大小、泛着白色冷烟的冰座上盘腿端坐的雕塑，走到近前一看大为惊艳，是个着红袍的披发少年——因为他美得雌雄莫辨，琴无琴是从敞开的胸口看出他是个少年——表面覆盖着如同蛛网般冰霜的他微睁着毫无生气的眼，浓密纤长落满了雪白凝珠的睫毛里包裹着通透得好似玻璃球般的眼珠子。

这美得不像话的雕塑也造得太栩栩如生了，琴无琴忍不住拿手指去戳他的脸，虽然表皮被冰封得有些如蛋壳表面般脆硬，但竟是人类皮肤的触感。

不要拿你那脏手碰本少爷的脸。

花昭锦说这美少年就是他的皮囊。琴无琴倒是不觉得意外，她长长地"哦"了一声后，忽然以双手捧住沉睡姿态的少年的脸左揉右捏，"嘻嘻哈哈"一阵笑说："让姐姐给你活活血暖暖皮。"惹得花昭锦火冒三丈地骂骂咧咧。

胡闹够了，琴无琴爬上冰座一手扶着花昭锦的肩膀一手端着他的下巴，将嘴凑上去贴住他冰凉的唇。

在如同当初花昭锦脱离自己去到冰雀体内一样的抽离感过后，琴无琴软绵绵顺着眼前少年的胸膛滑下去，被一只瘦而结实的手臂猛地托住肩膀，她抬眼见到薄纱般的冰霜迅速地从花昭锦脸上消融褪去，他的睫毛轻轻颤了颤后玻璃般透明的眼珠旋即化作璀璨的金色。

是琴无琴初见他时——那只撞进自己怀中的雪狐的眼睛——比黄金更明耀，其中变化比灿烂夕阳下的粼粼湖面更多端，像是无限延伸收缩的旋涡，要把人的魂魄也吸进去。

记得花昭锦说过因为他的本体身上千年妖气太盛，会引来不必要的麻烦，所以才以狐狸分身来行动。琴无琴现在想，比起妖气，他这过分区别于凡人的妖艳外表才是更招人耳目吧。

花昭锦身上一层"冰衣"终于全数脱下，死气沉沉的白色石英般肤色覆上了淡淡的鲜活血色，他低下头时柔亮长发好像夜幕中黑暗而安谧的河流般顺着肩膀淌下来。

唇红齿白的他对怀里的琴无琴咧嘴一笑，"小蛮牛，瞧你一脸呆相。本大少爷美吗？"

再美也不过是花昭锦。他一开口就叫琴无琴翻了个白眼说："我太累了。"

是真的太累了，琴无琴经历如此风吹雨淋的长途跋涉之所以还扛得住全是因为花昭锦，他在她体内提供妖气作支撑，"我现在就想好好睡一觉。"话音刚落，她就昏睡过去。

"喂！懒猪……"花昭锦刚想发作，却因为见了琴无琴毫无防备的睡颜而偃旗息鼓，他一手托住她的后脑勺调整了一下姿势，让她枕在自己的胳膊窝里，然后他曲起双腿将她像猫一般笼在怀里。

因为双眼下正中位置各有一颗泪痣，当花昭锦收敛了傲慢神色和骄横语气时，神情中竟有些许强忍忧意的感伤。他以指尖撩开贴在她额头上的刘海，以指肚轻柔地描摹着她和秦慕遥一模一样的脸庞，情如泉涌地叹一声："慕遥……"

一眼千年，我终将拥你入怀。

花昭锦金色的双瞳里倒映着她的脸，就像千年前，他还是一只皮毛丰厚头大身小的白狐，尖而短的小脸上是占了半张脸大小的长眼，这一双金灿灿的圆润镜面中总是只映载着同一个少女的身影。

她的娇小身躯缩在竹编的垂帘下，轻轻颤抖的肩膀使得一袭红裙的她远远看来像一朵将随风粉碎的花。竹帘外日头正好，光照呈一道一道排列有序的蛋黄色斑纹落在她赤脚踏着的花梨樟木地板上。

花昭锦原本是蜷缩在她身边温热有光的地方睡觉，因为听到压抑的抽泣声而睡眼惺忪地醒过来，它仰起毛茸茸的大脑袋见到她在哭，便伸出细软的毛爪子踩在她的膝盖上，以后腿作支撑站起来，一双前爪轻柔地按在她胸口眨巴眼盯着她的脸。

"你在担心我吗？"她强颜欢笑地轻抚小狐狸的头顶，惆怅呢喃道，"花花，你若是人该有多好……与我远离纷纷扰扰，同赴世外快活逍遥。"她双手抚弄压摩着它一对大耳朵，亲吻它的额间，"下辈子你若是投胎成了人，你要记得我，来找我。"

花昭锦伸长脖子以鼻尖轻碰她的鼻尖，以胸腔中犹似被困的鸟儿般搏动的小心脏发誓，它要为了她幻炼成妖——

等不及百年之后，只求今生今世之内，我以双臂拥你娇躯，以双唇吻你泪目，以双手挽你于烦嚣人间，从此生生世世轮回百转，有我伴你入梦。

【三】

千年之前，在天山脚下有一双长居于此久食天地灵气的白雪灵狐，它们相依相伴数十载，直到母狐怀胎数年终于生下了一只宝宝，这只幼狐有着区别于它父母的冰湖蓝色眼睛的稻穗金色瞳仁。

它们身上珍稀的绝美银白皮毛引来了猎人的注意，终于遭受劫难，而狐狸夫妇的幼崽由于体型太小没有多少价值，在猎人迟疑时，幼狐得到了逃跑的机会，却在老林中踩到了捕兽的机关。

从未离开父母身边的它哪里懂得当下险境，起初还嗷嗷叫唤企图引来救助，回应它的却只有穿梭于林间的呜呜风声，直唤到暗夜来袭幽月高挂，它又累又疼地昏睡过去。

三天三夜后，它连动一动耳朵的力气也没了，被夹住的后腿上鲜血早已干涸，它浑身光鲜明亮的皮毛也像是失去了生命力般变得暗淡无光。

又是一夜过去，次日清晨已经奄奄一息的幼狐在昏昏醒醒间好像模糊听到脚步声靠近又急匆匆跑开，到临近正午时，曾经在它睡梦中出现的脚步声又响起来，它于是强撑着最后几分力气睁开已经有些混浊的眼，看见了一个红衣少女。

她看起来只有十五六岁，穿着棉麻质地的白色内衬，外袍和齐腰高的裤裙是朱红色，如此红白分明的刺眼配色在这名少女身上却显出祥和的恬静。

提着一把沉重黑铁铲的她在幼狐身边蹲下，边轻声哄着"好宝宝，不怕不怕"，边呼呼喘着气用力撬开了捕兽夹，然后脱下外套把纹丝不动的它小心翼翼地包起来抱在怀里。

她的过腰长发在身后用白色发带打了个简单的蝴蝶结以束紧发尾，脸颊边的两缕长发在歪头时好像被风吹起的杨柳，她笑吟吟地看着幼狐用指尖轻点它的粉色鼻尖轻哼："没事了。"

小狐狸蒙蒙眬眬的双眼记住了第一个人类的面孔，柔软、清甜的样子，大约舔起来就像它尝过的第一口清泉，闻起来就像它的母亲曾经粘在皮毛上的薰衣草。

在她抱着它走动时，它见到她头顶上方的光景，铺张的光照试图从层层叠叠的树叶缝隙间挤下来，形成一块块形状不规则不完整的光斑，细细碎碎又成片成片，像是没有暗影的星河天幕。

少女无姓有名叫慕遥，是远离村子独居在树林中的巫女。她是被老巫女捡到的孤儿，待她长大后自然而然地顶替老巫女继承了神职，所要做的事就是为邻近的村子祈祷风调雨顺，因为懂点草药调制和外伤包扎，平日也为治不起病而上门求医的穷人作一些简单的治疗。

在小狐狸养好伤的那一天，她给它取了名字。

那日它在慕遥以数个坐垫改制而成的舒服软窝中假寐，因为是睡在面朝庭院无遮无拦的露台上，所以清风不住轻抚着它轻颤的耳朵，一股恬淡的花香不住袭击着它的鼻子。

因为慕遥的悉心照料，已经养好了伤的它懒洋洋地睁开眼睛就看到了迎面盛开的百花，原本就是好动年纪的它立即站了起来，以还包着纱布的后腿猛力一蹬，跳进庭院里踉跄地扑向花丛。

等慕遥过来时，它已经撒够了欢，沾了满身紫红鹅黄月光蓝等绚烂色彩的花朵，面对生气的她歪着大脑袋露出困惑不解的神态，顽皮可爱的模样逗得她气饱了后忍不住又笑出声来，她见它皮毛恢复光亮丰满，坐在百花之中煞是好看，便脱口而出："今后你的名字就叫花昭锦了。"

小狐狸花昭锦从此就和慕遥还有一位唠唠叨叨的老婆婆同居在这林中的小木宅中，起初老婆婆是很反对在祀奉神明的巫女居中养野兽的，所以她背着慕遥许多次将花昭锦放在采松茸的小提篮中盖上麻布带进密林中放生，但是次次都见到它又自己找了回来，好端端趴在露台上的窝里。

面对无奈的婆婆，慕遥笑说您瞧瞧花昭锦的瞳色、皮毛，它哪里像是一般狐狸，再看它神色模样像不像人类若有所思的表情，它是灵狐呀，又这般聪明懂事，指不定是哪位神仙的仙宠呢。

老婆婆想丢又丢不掉，总不能杀了，而且慕遥说的又仿佛在理，便只好作罢，心甘情愿地也时不时在吃饭时弄些鱼虾肉喂养花昭锦，惹得它像小狗一样冲她眯眼打滚露出肚子还会爬上膝头撒娇，叫老婆婆看得越来越喜爱。

在老婆婆面前它像是有心讨喜似的特别乖巧，而在慕遥面前却又像是最淘气的小孩儿，似乎总是故意惹她生气以引来她的注意。有一回，它打翻了药房里全部的药酒罐子偷喝，然后醉醺醺地瘫倒在地听着慕遥被酒香引来的脚步声，听她的惊呼声，又是恼火又是担忧的责骂声。

花昭锦喜欢这座被树荫笼罩的小宅院，喜欢被太阳烘烤得暖融融的露台，喜欢庭院里四季有不同风貌的花丛和矮树，喜欢慕遥床上蓬松厚重的棉被，喜欢木炭炙烤的青花鱼，喜欢老婆婆用筷子喂它吃的肉，但是它最喜欢慕遥做的煎豆腐。

最开始的时候它吃得太急，总是在豆腐表面还冒着吱吱作响的油花时就张牙咬下去，然后被烫得吱哇乱叫浑身炸毛地蹦蹦跳跳，几次之后它晓得没人跟它抢了，就围着冒白烟的煎豆腐转圈，像只护食的猫，等微热了又像只饿坏的小狗一样大口猛吃，最后直吃到小肚皮圆滚滚地凸起来，像只被翻过了面的乌龟一样四脚朝天倒在地上。

这时慕遥会嗔怪地抱起它来，轻拍它的头顶，语气宠溺地怪它吃太多，然后笑起来，在花昭锦金色双瞳里美过世间所有绚丽绽放的花。

树影光斑、花香晨露、泥土腥甜、雨后彩虹、暴雨夜风，烫嘴的豆腐和啰啰唆唆的婆婆，这一切都使花昭锦感到快乐，因为这一切也总是使慕遥满心快乐，直到她爱上一个人。

【四】

变化是从那一日慕遥抱着一盆子待洗的衣物从溪边气呼呼地回来。面色潮红的她抱起迎接自己的花昭锦，嘴中愤愤不平地控诉她遇到了一个轻浮的人如何冒犯了她。

隔天花昭锦见她提着铁铲又去湖边说要教训一下对方，它不放心便亦步亦趋地跟着去，结果等了一天也没见到人，它见到她的表情在光影变化下由愤怒化作惆怅，由浓墨化为淡彩，在日落后她悠悠长长地叹了口气。

"回去吧。"她把花昭锦抱起来放在自己肩头上时，分明是在笑的，但它觉得跟平时的笑颜不太一样，有许多它尚且弄不明白的复杂情绪在里面。

没过几天她气哼哼地对花昭锦说："他又出现了。"
奇怪，明明是生气的表情，花昭锦歪着头看她，为什么会看起来很开心呢？

这之后，总是喜眉笑眼的慕遥不再单单只有快乐情绪了，她会在扫地做饭时突然发呆，表情愁眉锁眼、闷闷不乐，但有时候又会在洗衣临睡时突然傻笑起来，隔着衣料的体温柔软地熨烫着被她抱在怀里的花昭锦。

它愈来愈感到奇怪，听着她心跳的频率，闷声窃喜的她明明比平时任何时刻都要感到快乐，却为什么要压抑笑声呢？

后来她告诉了它答案。"我爱上了一个人。"她挠着花昭锦的下巴对它低声说，"花花，你知道什么是爱吗？就像……像你的娘亲爱你的爹爹，然后生下了你——"说到这，她顿了顿，脸红到脖子，"也不是说俩人相爱就一定是要生宝宝啦，我不是那个意思，唉，但是，呃……"她吞吞吐吐了半晌，忽然又消沉了。

这段日子以来她的情绪变得越来越起伏不定，又容易走神，有一次若不是花昭锦嗷嗷叫唤引来了婆婆，当时正在往火炕里添柴的慕遥衣袖已经被火苗点着，差点就因为一个没注意引火烧身。

"我和他不可能有宝宝，甚至，我和他不可能在一起。"慕遥说话间，花昭锦感到有雨滴溅在自己头顶，它抖一抖耳朵，抬眼看到一串串的泪水从她乌黑的眼睛里落下来。

花昭锦见过她哭，她有一次被烧开的水壶烫到手哭了，还有一次闯了祸弄坏了婆婆的古老卷轴哭了，所以它了解到人在痛的时候、在委屈的时候，会流泪。

可是现在，她既没受伤也没挨骂，为什么会哭呢？花昭锦感到浑身皮毛燥热，嗓子里干干的，它不知道它正在产生一种名为焦虑的人类情感。

那个在密林中、溪泉边、天山下与她幽会的男人，花昭锦曾偷偷跟在慕遥身后去看过。

那夜他们立于竹林边缘与浅溪之间，暗月低悬下天地之间的色泽是熠熠生辉、粼粼波动的幽蓝，使得他们看起来好像站在水底，微凉水波一段段荡漾在他们周身上下形成金属表面上的反光，慕遥很美，而那男人身姿修长挺拔，她和他看起来确是好像刚刚沉入海底的两件绝美金饰，接着，这两件珍宝拥抱纠缠在一起。

花昭锦没有扑上去冲慕遥叫唤以打扰他们之间的幽会，不是因为它懂事或是认可了那个男人，它反身跑远并没有朝着家的方向，而是从竹林乱冲向更深的老林，低矮密集的灌木丛的枝叶好像一片片轻薄的利刃削切在它的皮肉上，却不叫它觉得疼。

因为它的胸腔里的心脏好像化作了一团极热的火焰，膨胀、膨胀着，使它感到躯体四肢都火辣辣地燃烧起来。

数日之后，它才重新回到慕遥身边。

面对她充满情绪的眼泪和笑颜，花昭锦感到了羞愧和一种身体深处火伤愈合之后那般奇痒难耐、抓心挠肺的情感，它使劲将自己团成一个球钻进她怀里，尽全力使自己浑身皮毛都贴紧她，在她想松手时嗷嗷叫唤，成日缠着她，求她抱它。

不想要这身温厚皮毛了。花昭锦想要脱下这身兽毛，用皮肤拥抱她，用心口贴着她。

曾和父母一起住在天山下的花昭锦，在一次追捕蝴蝶的过程中无意间听到两个人类的对话，他们穿着衣袂飘飘的宽大袍子，谈话声如天边浮云轻轻荡漾，风一吹就散，但散去的一节节碎语却如丝如缕在半空盘桓许久。

"听说云雨镇附近出现了蛇妖踪迹？"

"嗯，似乎是一条活了几百年的黄金大蟒蜕了皮，生出了人的四肢和容貌，但是刚刚成妖，说话时还有长长的蛇信子，声音咝咝作响，眼睛里的瞳仁是细细一条丝线，离近了看时非常好认，道行不够，到底与人不同。"

"师父派师兄去捉拿了吗？"

"大约去了，希望在它作恶之前尽快除掉。你无须担心师兄安危就是，这等低级妖怪……哪怕是千年妖魔，面对凡人能以一敌百，一旦面对我们天地正气庇体的天山子弟也只能叹生不逢时了。"

那时的花昭锦并不想一改自己雪狐身份成为狐妖。虽然对死亡不甚了解，但它还是对这一双人的谈话感到隐隐畏惧，它静悄悄地离去，在一条林中的水潭前停下喝水，看着其中倒影想，才不要成为人的外形呢，没有毛的光溜溜样子多难看呀，而且还会被那什么天山人追杀。

可是现在的它却恨不能睡一觉之后——不——在一眨眼之间就化作有人类外形的狐妖。

【五】

慕遥和婆婆争吵的次数正在逐渐减少，当婆婆第一次发现她的秘密时，俩人爆发了花昭锦从未见识过的激烈冲突，而后这种时不时乍响的轰烈架势在持续了许多日后，她们之间陷入了沉默对峙。

婆婆有时还会突然间骂起来，但是慕遥已经不再接话，她其实都知道，婆婆在心疼她，指着她的手指会抖得像在筛糠，昏花老眼里饱含混浊泪水。

最初，慕遥还会因为年老体弱的婆婆为自己如此伤心劳神而心怀愧疚，所以听话地在家里足不出户地留守了许多时日没有再外出与男人见面。

只是忍了没几天，她又开始不顾婆婆的责骂偷偷摸摸往外跑。

"她是中了蛊吗？"

在花昭锦冲着慕遥在林中隐没的方向细声叫唤时，老婆婆来到它身边弯下腰抱起它来，百般无奈地长长叹气，"只能由她去了。到底这棵树永远也开不出果实来，她愿在枯竭之前贪恋半日花开妄想，都由她，享得一日是一日，只怕最终树根残腐之时她也跟着沉入泥下去。"

慕遥自己和婆婆都知道这是一场无望之恋，因为她是必须终生守身的巫女，而更难以逾越的是对方的皇族身份。

之所以被婆婆知晓这一切，起因是慕遥在外出时不慎划破了掌心，她手上缠着一块特别常见的手帕以止血——四方形白色丝绸的一角以金线低调地绣着一个实心的"东"字——没见过世面的慕遥不懂，但阅历丰富的婆婆一眼就认出来这是皇宫中的绣坊专为皇族提供的工艺。

"呵，瞧我这个老太婆在跟你说什么呢，小东西，你什么也不懂吧，长个这么大的脑袋瓜子，里面都是吃的。"婆婆推了推花昭锦的脑袋，在它茫然眯眼时又揉了揉说，"人啊，是远比你们这些动物要复杂得多的另一种动物，奇怪的、会谈情说爱，也会拔刀相向的东西。前一天呢，还对你亲热讨好，隔天呢，恐怕就恨到杀之而后快。人啊……"
她翻起松弛的眼皮看一眼暗黄粗粝的天空，以喉中卡着锈钉般的干涩嗓音嘀咕："不太妙啊。"

已经大半年没下过雨了。

虽说正是立夏时分，但这天热得有些像是烧穿了洞的水壶般过了头，人们满眼都是黄沙覆盖般的暗沉光色，热浪扭曲着视野里的所有景象，每个人都像是长畸形了的丝瓜般直不起腰来，恨不能整天不说话，一旦要说一句就喝一壶水，这被捂热了的温水进了嗓子那一刻仿佛就成了直蹿白烟的滚水。
最近来询问雨期的农家人越来越多了，慕遥被逼问得急了应付不过来，最后都是在村里村外德高望重的婆婆来平息他们满身热烘烘的躁气。

直到入秋，雨也没下下来。

现在比起灌溉农田的水源还有更严峻的问题诞生，每一亩田地之上犹如飓风压境般的蝗虫群已使许多农家颗粒无收，这粮食的供给不足也使得远近祸福与共的城镇间不容发，若是这样的干旱虫灾再持续得久了，家家户户消耗完了余粮，饿殍满道的惨象便迫在眉睫。

向来关心民间疾苦的慕遥也很着急，她每日例行的祈雨时间愈来愈长，入夜后常常失眠到日出，她问婆婆她还能做些什么呢，还能如何帮助那些受苦受难的村民呢？

"唉……"婆婆坐在房梁下的露台上，抬眼瞧悬挂于头顶的静止无声的风铃，从喉咙里咕噜出声，"雨总是会下的，只是……"

她像一株皱巴巴的老树般回过头来看向慕遥时，花昭锦仿佛都能听见枝丫树干之间的摩擦声。

她说："慕遥，你离开这里吧。"
慕遥没有听她的话，于是毫无征兆、猝不及防地就死了。

第七章

升潮

【一】

清脆悠扬的风铃声在死寂无人的木头宅院里飘荡盘旋得久了，听起来便像是幽灵低沉的呜咽声，一阵一阵轻撩着沉闷低压的室内空气。

撞到头的花昭锦从一片黑暗中吃痛地醒来，眼前什么也看不见，但是可以嗅到慕遥身上那份淡淡的香火气味，它动了动，一个劲儿朝前爬，最后从宽袍外套中钻出来。它回身张望，想起来这是慕遥覆盖在它身上的，为了使它逃过那些疯子的棍棒。

正如婆婆所能预见到的最坏结局一样，那些走投无路的村民把无处发泄的无助与绝望化作了汹汹邪火，把天公不作美的自然气候怪罪给巫女的祷告不力。

当婆婆要求慕遥尽早离开时，慕遥很肯定地以平日相处甚为和睦的村民断不会如此不理智为由拒绝，再则她也不能留下老婆婆一个人。

最重要的是，为了那个男人，她不能走。他与她有约，回到宫里后会想尽办法让她能名正言顺和他在一起，从此生生世世不分离。

"他是跟其他人一起来天山附近进行祭天仪式，为了和我在一起一直在拖延回宫日期。"慕遥这些话不敢对婆婆说，只好说给花昭锦听，她语气像是加了黄连的蜜糖，又苦又甜，"现在他迫不得已要与我暂别，但他发誓下一次见面就与我再也不分离。我现在要做的……就是在这里安静地等他。"

可是她没能等来他，活着没有，死后也没有。

当时是一天中最酷热难耐的正午，一群从言行举止一看就是混混地痞的人领着另一群衣着破烂浑身尘土的村民，他们十来个男人手里拿着棍棒举着务农用的锄头镰刀，将孤立无援的一老一少两个女人堵截，完全不顾她们好言劝解，只是嘴中哇哇胡乱叫着，要她们立即施法或是做点什么叫天降甘露滋润干涸万物。

直到男人们吼叫得嗓子也哑了，一个流氓的高声斥责在干柴上点了一把火，他恶声恶气又淫言秽语地指着慕遥尖叫："淫荡的贱女，都是你的错！祀奉神明的巫女应当一生守身如玉，是你惹了神怒，牵连了我们这些无辜的人陪你一起受罪！别以为没人知道，有人看见你和一个男人深夜私会，你这看起来纯情实则污脏的身子早已不知给人糟蹋过多少回了！"

人群一时鸦雀无声，慕遥也没料到还会有这一幕的发生而完全没了主意地僵在当场，只有婆婆愤懑地用手中木杖狠狠顿了顿脚下的地板喝道："休得胡言！"

"究竟是不是胡言让我们验了身就知道！"这流氓猥琐地狂笑起来。
更多丧尽天良的附和声起，"杀了她们祭神！""对！既然你们是巫女就该有这个觉悟！""去天上替我们求雨吧！这是你们的责任。"

这一声声呐喊就是从地狱里飞出来的乌鸦，黏稠的污泥从漆黑的翅尖上滴落下来，宽厚庞大的羽翼扇出一阵阵呜呜呼呼的哀号声。

男人们面目狰狞地扑上来，还是小狐狸身形的花昭锦根本顾不上敌我悬殊地挡在琴无琴前面凶狠地冲他们炸毛龇牙，被一脚踢飞撞在柱子上狼狈地滚落在地，慕遥慌忙跑来将它抱起往里屋逃，最后脱下外套将它包起来藏在放了一些不值钱物什的杂物中间。

在一片杀气泛滥的呼喝声和打砸声中，婆婆扯着嗓子的嘶叫传来，"慕遥，逃啊——啊——"这最后一声惨叫像是喉中带血喊出来的，凄厉恐怖。

"婆婆！"慕遥听到外面突然冷清了一瞬，显然是老婆婆在男人们粗暴的推搡中受伤了，她情急之下在屋内找了一圈最后双手紧握青铜烛台不管不顾地冲了出去。

等花昭锦从杂物间里出来时，屋里静得好像被大雪掩埋的墓地，它昂首嗷嗷了两声，然后哆哆嗦嗦地往外走，因为它闻到了浮浮沉沉的血腥味道，循着气味首先发现了老婆婆的尸体，她是被钝器击中头部而死，脸上全是血，半干半湿地敷在她的皱纹里和惊恐撑开的眼眶里，非常骇人。

汹涌震恸如巨人拳头般猛地砸向花昭锦弱小的身体，它虽然以细小四肢顽强地支撑不倒，下身却尿了出来。

慕遥……
花昭锦在抖得快粉碎的心脏里长唤她的名字。

它知道她凶多吉少，但还是心存着细如发丝的侥幸，从腥风中辨识着她身上那股它熟悉的安定气味，在供奉香火的中央正厅里找到了她，一地狼藉中值钱的物件如一些金银珠宝材质的祈祷用具都不见了，但是插着几炷未烧完的高香的纯金香炉还端端正正地摆在案台上，昭示着行凶者阴暗内心中那最后一丝对神明的畏惧。

香雾弥漫中，慕遥紧闭双眼地躺在万籁俱寂中，除了嘴角有血以外身上很干净，只是她身下被撕裂的大红袍子张牙舞爪地铺开一地，好像一簇盛大染血的曼珠沙华。

因为她看起来很平静，所以花昭锦暗想：太好了，只是睡着了。它靠上去舔了舔她的脸，用小尖牙轻咬她的耳垂，可是她像一尊被雕塑出来的石像般纹丝不动，即使是平日无时无刻不在轻轻颤动的睫毛也好像羽翼依旧丰厚却已丢了性命的小鸟儿般死气沉沉。

眼泪从花昭锦金色的眸子里哗哗淌下来，它贴近慕遥已经没了脉搏跳动的脖颈皮肤，将头枕在上面，哭得身体一阵一阵抽搐，像一个痛不欲生的人一样肝肠寸断，被眼泪呛得不住打嗝，它一直哭，哭得挨着慕遥昏睡过去。

在睡梦中，仿佛一切如常。花昭锦呈滚圆毛球状盘在慕遥身边，天冷时他会待在被子里窝在她臂弯里，天热时它的大尾巴或小爪子也要极尽所能地搭在哼唧表示好热的慕遥身上。

无论窗外是草长莺飞或骄阳似火，还是秋风萧瑟或天寒地冻，都与花昭锦没有丝毫干系，它在这四季轮换无休的人间中所关心的只有慕遥。

不知睡了多久后，沙沙嗡鸣的雨声灌入花昭锦轻抖的耳朵，它睁开眼看见窗外是满目银丝垂下来。下雨了！它惊喜地回身望向慕遥，她面色凄白得如同覆着一层灰色的细沙，雨水从屋顶缝隙落下来，在她光滑如鹅卵石的脸上划出弯弯曲曲的水痕。

花昭锦呆呆地凝视她一阵后想到怕她冻着，便跑去杂物间咬住之前用来遮盖它的那件大外袍在逐渐滂沱的雨声中吃力地拖过来。

在路过婆婆时，它见她还是靠墙坐着的姿势想必已经很累了，便奋力撞击了数次将她的身体推翻在地形成了侧躺模样。

它含着衣角来来回回兜着圈子，终于为慕遥盖好被子，然后趴在一边用爪子轻拍她的脸，等不到回应，它又开始哭，直哭到雨停下来，它迎着第一缕晨光跑出门去衔了些野果回来放在慕遥身边，想她如果饿醒了就有食物可吃。

直到慕遥的身体开始和它无数次从外面找来堆积在她身边的蔬果野禽一样腐烂，一直假装这宅子中一切一如往常而为此忙忙碌碌的花昭锦，终于无法再回避它早已发自内心知晓的事实，它的慕遥已经死了。

它不哀鸣，而是盯着慕遥无声哭泣。它从此趴在她身边再不吃不喝，直到一息尚存，仅靠这一线呼吸——它像是一具死在主人身边的宠物尸体——动也不动地如此活了五百年。

光阴慢得像新岛浮出海面，又快得像风吹散了桌面上一层浅灰。

【二】

五百年后，这座曾经充满婆婆、慕遥和花昭锦的欢声笑语的宅子已经被藤蔓和青苔吞噬，曾经遮风挡雨的屋顶早已坍塌无影，无情地留下暴露无遗的花昭锦和慕遥承受着电闪雷鸣、暴风骤雨、黄沙翻卷、烈日炙烤，直到花昭锦最后一口气含在嘴边，它朦胧意识里知道自己终于要死了。

只想最后看一眼慕遥，它用这最后一口气的力气尽全力睁大眼睛，却看不见她的脸。

五百年后，它最爱的人只剩下一摊脏兮兮的被暗红破布包裹着的少量残骸。

漫天星光突然间化作了纷纷扬扬的鹅毛大雪，白皑皑沉甸甸地由夜幕中倾倒下来。在搓棉扯絮的暴雪中，被突如其来的血海深仇以山呼海啸之势吞没的花昭锦完成了妖化的过程。

它在剧痛难忍的长啸声中褪去了一身皮毛，生出了人类的皮肤和纤长四肢，但银白长发和头顶上一双兽耳以及腰后的一条绒白兽尾还是作为与人有别的低等狐妖特征留了下来。

不住沉重喘息的他依旧以四肢着地，端详了一会儿自己的一双手掌，然后颤抖地伸向才一转眼就被白雪覆盖的慕遥残骸，将她剩余在这世上的全部连同已经再无一丝她气息的红色衣衫一把搂进怀里之后，他发出了第一声人的号哭。

他的哭声直达天际，与声如哀号的风雪相互缠绕、融汇、覆盖，又翻涌再起。

啊——啊——
呜呜——
啊——啊——啊——
呜呜——呜——

他哭得两道血泪从金色眼眸里淌下来，没多久他又疯疯癫癫地笑起来，因为他终于可以如此以双手环抱慕遥，如此紧密，密不可分。

待到大雪初霁，四下一片银装素裹，花昭锦终于安静下来，维持着弓身弯腰的姿态亲吻了怀里的慕遥，然后徒手挖出一片深坑将所剩不多的遗骸埋进去，又在坟边蹲了一会儿，和当初一样，好像在静好岁月的长河中，它蹲在轻抚它后背的慕遥身边一样。

当脉脉温情从他周身离去后，地狱熔浆般的滚烫杀气在他獠牙利爪间翻腾涌动。

他开始杀人。

无论男女老少——他以这处他曾与慕遥朝夕相处的宅子为圆心——斩尽杀绝了居于附近村落中的村民，即便如此还不满足，他开始追杀这些村民遍及全国各地的后裔。

直到颠世狐妖之名在东莲国内人尽皆知，直到他的一头银发逐渐化作墨黑，泪迹常洗的双眼下生出一对泪痣，狐狸尾巴也好好地藏起来后，终于开始有各路除妖大师、和尚、浪人等江湖人士各有所图地追杀起他来。

一路杀一路躲的花昭锦，眼看与当年惨剧有半丝关系的人也终于快被他杀完了，满腔恨意却不曾削弱半分的他开始追根溯源地意识到，慕遥的死其实是源起于那个皇族男人，她若是不认识他，就不会横死家中。

嗜血成性的花昭锦已经杀红了眼，当他开始从皇城外围接连抹断许多守护的脖颈朝里逼近时，许多无辜民众也在混乱中被卷进来遭受了无妄之灾。

最终他也未能杀进皇宫就被训练有素的成百上千名盔甲护体的守护重重包围，差一点丢了性命的他身负重伤地逃了出来，这是成妖之后战无不胜的他遇到的第一次挫败。

从身体里溢出的狐妖之血的气味被风托着送向了四面八方，给花昭锦的追杀者们提供了方向的指引，妖气大泄的他只得开始了离群孤狼般躲避猎人捕杀的狼狈逃难生活。

不再能靠杀人来转移注意力的他在许多个浩渺夜空下独舔伤口，寂寞难遣地忆起往事温馨一幕幕，愈来愈思念慕遥，悲从中来，彻夜难眠，哀思如潮却又欲哭无泪。

于是他费尽心力地寻得了一僻静妙处藏好了一身人形皮囊，以妖气微弱不易查探的兽形姿态开始游历全国，遍寻可能已经投胎转世的慕遥。

自花昭锦与她阴阳之隔后也已经一晃千年，终于给他找到了和慕遥音容笑貌甚至名字也分毫不差的秦慕遥。

【三】

在花昭锦怀中疲惫不堪地睡了一宿的琴无琴总算醒了。

她迷迷糊糊地见到花昭锦以软绵绵的神色垂眼凝望自己，镏金般泛着水纹光泽的眼里夹杂着半喜半忧的波动情绪，惊得她立即清醒过来弹到一边，再定睛一看，花昭锦是一副对她不屑一顾的嘴脸昂着下巴。

她才想，哦方才是看错了，他怎么可能会露出那样的表情——就算这不可一世的狐妖对人类也有怜爱之情，那也绝不可能是对她——对那个秦慕遥还差不多。

"咋咋呼呼的是要干吗？怕我吃了你？本大少爷就是要吃人，也不会吃你这等皮糙肉厚的女野人。"他眨眨眼，故意冲她以血舌舔了舔白森森的獠牙道，"而且人肉臭烘烘的，倒不如整二两烧酒吃吃油炸豆腐呢。"

"哎哟喂！就知道你吃过人！"琴无琴吓得从他身边跳出老远，双手摆出要对打的架势来。

"瞧你脏得，唉。"花昭锦下了地后伸长双手满足地伸了个懒腰，抖抖肩膀活动筋骨，似乎并不需要花多少时间来适应这久违的身体，他转身步伐轻盈地朝更深的洞内走去，"过来把自己洗干净，不然别说我嫌弃你，就是熊见了也不乐意吃你。"

琴无琴回想醒来时见到他盯着自己的那奇怪一幕，莫非他一直没睡？

她双手用力揉了揉自己的脸以振奋恍恍惚惚的精神，突然间明白了他在看什么，她停了动作，竟然生平第一次对自己的脸感到厌烦。

"还不过来！"

听到花昭锦的召唤，琴无琴满脸怒气地跟上去，他见了好笑，"什么脸？真以为我要吃你呢？"

原本是看不见也摸不着的存在，如今却好端端又人模人样地站在身边与自己说话，个头不高的琴无琴要扬起脖子才看得全他的模样，这变化来得突然，她竟一时难以适应。

尤其他此时的嗓音也和在她脑子里说话时全不一样，不再像是从皮鼓里透出的闷声，真是又柔又润好听得不行，而外貌更是美得亦男亦女好看得没天理。

现在的他，想从这个人间里拿走什么，无论财富或情爱，还不是随心所欲，轻而易举。

毕竟在一起久了，白天黑夜都和他有一搭没一搭地斗嘴闲谈过，这会儿想到他再不需要自己了，琴无琴感到有一点儿被遗弃似的失落。

"你这脸是怎么了，一会儿气哄哄一会儿又丧眉耷眼的。"花昭锦问。

琴无琴一翻白眼，突然换上慈祥表情抚摸自己的腹部幽幽叹息："没什么，我就是有一种生完了孩子的感觉。"

花昭锦反应过来，立即倾身龇牙低吼，又把她吓得跳到了一边。

"你……你……不是说不吃我吗？告诉你我……我——"没出息的琴无琴一咬牙一跺脚豁出去了，"我很久没洗澡了臭得黄鼠狼都得给姑奶奶跪下！"

他见她分明长着一张和慕遥并无二致的完美脸蛋，却一副胆小如鼠又故作无畏的滑稽样子，突然咧嘴嗤笑出来，因为他是绝见不得优雅端庄的慕遥如此这般难堪示弱的。

知道自己在自取其辱的琴无琴见他笑得夸张，涨红了脸。

"哈哈！哈哈！你这臭哄哄的小蛮牛……"花昭锦伸出玉指纤长的手去轻捏她的脸，笑完了之后揶揄她道，"生的是我的孩子？在哪儿呢给本少爷看看，定是天下第一大美人儿。"

虽然面对的是一张花容月貌，但和他抬杠惯了的琴无琴才不会轻易就被挑逗，她模仿他舔舔嘴唇说："小狐狸崽子味道鲜美得很，被我吃掉了！"

斗胆反唇相讥的琴无琴语末尾音还未落地，人已远远跑到前面去了。

花昭锦面上含笑不急不缓地跟在后面，其实只要稍一跺脚迈上两步就能追上，但他想多瞧几眼她的背影，琴无琴小跑起来虽然有些手舞足蹈的但多少有些慕遥的影子。

一念及彼时，他舒展的眉宇间重又涌上愁雾，只因他难以忘怀当慕遥无数次抛下自己向前奔跑，皆是朝着那个男人而去。

【四】

即使整个虚弱又遍布瘀青红肿的身子已经泡进了温暖的泉水中，琴无琴还是瞪大了眼睛盯着眼前白雾蒸腾的画面感到不可思议。

花昭锦首先带她来到一间堆满了老木箱子的洞穴。这些体积大小不一、色泽不一的箱子显然其制造年代也不一，但相同的是表面都有外行也看得出来来自名匠工艺的繁复花纹、细腻动物等图案雕刻，作为收纳箱来说已经价值不菲，更别提里面所装的金饰玉器瓷器古董，因为满得快溢出来所以许多箱子像被撑破了肚皮的海怪般大敞开着盖子，这些一览无余的珠宝在昏黄光线下散发着奢侈物特有的细碎晶亮的光芒。

照花昭锦所吹嘘，这些名贵宝贝都是他花了好几百年零零散散从各处收集来的——先不去管他是以何种方法"收集"——难得的是，在这洞中静躺了这百多年月，它们依旧光鲜如新，崭亮的表面不沾半粒尘埃更别提什么蛛网落灰了。

这几乎不见浮尘的神奇洞穴里的空气凉丝丝的，沁人心脾，和在雨后晴空下深吸一口的滋味没有区别。

花昭锦身子后仰，双手叉腰像个含着金汤勺出生的富家公子似的傲气冲天地炫耀道："能找到如此一处隐蔽于世外的完美仙境一直是我最为得意的成就，比包揽天下珍宝还要得意。本少爷管这儿叫'藏花殿'……"

对于他这自诩才学洋溢的得意命名，琴无琴即刻联想其意：一只姓花的狐狸的藏身洞。她都懒得驳他面子，直干笑："还真是……字如其意，言简意赅。"

虽然很想向琴无琴一一介绍每件宝贝的由来，但花昭锦还是按捺下来走向一座红木四门的大衣橱——从上面的金漆镶玉看来，这应该也是他的收藏——打开来后，里面竟然真的塞了许多衣物，而没有像旁边一张立柱雕花床般沦为又一个宝箱。

他煞有介事地翻翻拣拣了一阵，挑出一条布料薄如蝉翼却不透肉的绯红色宽袖长摆的纱裙来，又顺手从身边堆积如山的配饰里拣出一些叮当作响的华丽腰带、手镯等小物，转身递给琴无琴说："你身上那些破烂换下来后记得带出去扔了，别留在这儿污了我的藏花殿。"

"行行，弄脏了狐狸窝我赔不起。"琴无琴作出痞子嘴脸一把夺过衣服冲他一撇嘴，"哎哟我这一双脏脚都不敢着地了，您好人做到底抱我去你那不是黄金就是玉石打造的水池子洗洗吧。"

她逗他，没想到他真一把将她打横抱起就朝响着咕噜水声的方向走，琴无琴先是一惊继而因为花昭锦这怀里又稳又舒坦便享受起来，嘴中却忍不住啧啧挑衅般称赞："这儿子没白生，别看瘦是瘦了点儿还挺有劲儿。"

转眼间到了浴池边，花昭锦鼻孔里哼笑一声就突然像丢小猫一样把琴无琴扔进水里。

水花四溅中，手忙脚乱的琴无琴"噗啊！"一声站起来，对花昭锦的使坏毫无预警的她自然是吃了一大口水。透过眼前水幕见到花昭锦看着她挣扎的样子正叉腰坏笑，琴无琴一气之下像鸭子般挥舞双手拍打水面，将一片片水花泼去他身上。

"嘿！小白眼狼，恩将仇报！"花昭锦甩落一袖子的水，转身离去道，"快洗，别把老子浴池子里的泉水喝干了！"

他离开后，琴无琴才开始打量这陷在地里的天然浴池，似乎是从脚底下有源源不断的热水翻上来，腾腾热气弄得整个视野里都是白雾缭绕，分明这洞外可称得上冰天雪地，没想到洞里面竟有这样温度适宜的汩汩泉水。

她新鲜了一阵子后便悠然自得地享用起来，舒舒服服地伸展开四肢，冲着这日夜不息地从地缝中渐出的热水，她算是认可这洞窟衬得上"藏花殿"里这个"殿"字儿了。

　　比当初在庶红山里用冰凉的溪水洗澡可惬意方便得多了，就是秦府中那蓄满了热水的木头澡盆子也比不上这儿，毕竟那盆里的水冷了还得添热水，而这里可是恒温的山泉水。

　　琴无琴泡得都不想起身了，直到皮肤都皱巴巴泛白，她才依依不舍地站起来，感觉筋骨劳顿感退了大半，整个人活力焕发。

　　刚巧花昭锦也在外面叫了，"蛮牛洗完了没？别只顾着享受睡着了淹死在里面，给你收尸事小，弄臭了我的温泉，你就是做了鬼本少爷也不会放过你！"

　　"来了来了。"琴无琴麻利地穿好衣服，被风雪吹得麻木的脑子经水汽蒸过后终于活了起来，让她想起和东方劫的约定。

　　作为帮助西鳞楼姐妹逃跑的交换条件，她答应了要替他的故友之女治病，想到等花昭锦为那个昏睡的女孩解除了狐媚之后，她就要从此和他分道扬镳了，心中翻滚起又酸又涩的难过。

　　花昭锦双手捧着一台直长纹理的金色灵机琴在等她。

　　分明演奏乐器是关系到与东方劫所作约定的至关重要道具，琴无琴这才想起自己的玉玲珑遗落在百里玄荆的驴车里了，她后知后觉地"啊！"了一声。

　　他已经换了另一身款式与琴无琴身上那件雷同的红色衣服，只是将宽松袖口和裤腿扎在了精雕细琢的红玉镶金的镯子里，因为里面不着内衬，所以胸口衣襟大敞的设计使他平整结实的胸肌到腹肌无遮无掩地敞露在外，看得琴无琴直觉得晃眼同时又感同身受地冷得一哆嗦。

　　对自己国色天香的外貌很有自知之明的花昭锦倒是一副甘之若饴的样子，

对这身打扮非常满意，也的确很适合他，既展示了男人味十足的阳刚之气又清晰分明地透着点阴柔性感味道。

他对她说："这给你，与你原先那台色泽模样差不多，但这既是本少爷收藏名物中的一件，那音色想当然就比你那台要刚劲清亮得多，可说给你这等初学者使用简直糟蹋！"

不等琴无琴惊叹这台灵机琴的精细做工和对他表示感谢，花昭锦拾起放在一边的琵琶对她理所当然地说："我们出发吧。"

【五】

花昭锦竟然如此积极主动地提出要陪琴无琴去赴东方劫的约，她以为这样与己无关的事像他这种怕麻烦的性格肯定要死皮赖脸地推脱一番，她都作好要靠暴力来挟持他的打算了。

怎么也想不明白的她问他："你不是急着去找秦慕遥吗？怎么突然对素不相识的另一个人产生同情心了？"

"呵，就算是狐妖也有没去过又好奇的地方呀。"花昭锦一双媚眼轻佻地笑看她说，"寻常人可没有机会进宫。"

原来是对皇宫里面有兴趣啊。琴无琴想果然不是因为对人类的事感到关心呢！她很想踹上他几脚请他也多少长点慈悲为怀的善心，但因为他们现在正在高空飞翔，她实在不敢轻举妄动。

太高了！她浑身上下连头发丝都在害怕，全程四肢都紧紧贴着大雕的后背，十指都紧紧抓着这巨物的羽毛，眼睛盯着花昭锦不敢随便张望——

真的太高了！

地面上的崇山峻岭和蜿蜒河流从高处看不再雄伟和湍急，那些重峦叠嶂好像树身上青色的一片片凸起，而弯弯曲曲的河川则像是从树干上延伸出去的树枝叶脉。

问到怎么去泉泾城时，琴无琴双手抱住自己直吐舌头，她可不想从瀑布跳下去然后又靠双腿返回去走来时路，想到那些砸在脸上的雪粒子和刀刃般的厉风，她就想跑进花昭锦的温泉里淹死自己一了百了。

"不用走的，用飞的。"花昭锦如是说，弄得琴无琴一头雾水。

然后他们穿过瀑布，来到琴无琴曾站立的那面岩石上，花昭锦吸气冲远方发出嘹亮的长啸，不明所以的琴无琴就看见一只鸟的影子从远方逐渐靠近——身影越来越大——大——大——到眼前时，她以为自己看见了一头在天上飞的……牛。

"这是我家花载花。"花昭锦拍了拍巨型大雕的丰满羽翅，再一次向琴无琴展示了他得天独厚的命名天赋。

"哈……花载花……"琴无琴被眼前巨物所惊，没空去质疑花载花对主人赐予的名字是否满意。她小心地盯着大雕如金稻般亮晶晶的眼睛——和她半张脸差不多大的一对瞳仁——说："非常荣幸认识你。"

不过花昭锦的意思不会是叫他们坐着这只鸟飞去泉泾城吧？他是狐妖横竖死不了，她可是凡人！还没等琴无琴开口表达自己的看法，花昭锦已经一揽腰把她搂过来跳到大雕的背上，脚底还没站稳呢，他就拍了拍花载花的后脖子："宝贝儿，出发了。"

因为体型太大登陆不了岩石，只能原地扑腾着翅膀的花载花，得了令后乖顺地一个猛子扎进前方的风眼里。

如履平地的花昭锦很自然地席"地"而坐，如同坐在铺着真皮坐垫的椅子上一样舒坦的他嘲笑五体投地的琴无琴："唉，你能好好坐着吗？女孩子家家的这样趴着像什么话，下手轻点，别扯疼了我家宝贝儿的皮肉，再给你拽几把毛下来都能做雕毛地毯了。"

被迎面的劲风迷了眼的琴无琴脸色难看地大声驳斥他："什么主人养什么鸟儿！万一它一个兴起好玩把老娘摔下去怎么办？我可没长翅膀！"

"那你这狗啃屎的姿势也太难看了！真是白瞎了你那张美若天仙的脸！"

"呸！要是我不幸摔了下去脸朝下那美不美又有什么关系！"琴无琴为躲风沙而紧闭双眼，无心去计较那些风钻进她的嘴里撑得两颊鼓起来，使她像个塞了满嘴食物的兔子。

"你……好歹把嘴闭上……"花昭锦看不下去了。

却只听得她含糊不清地咕咕滔滔："咕咕咕……好冷啊……咕……"

"唉。"花昭锦也有会为琴无琴叹气的时候。

他像拎小鸡一样抓住她脖颈后的衣领提到自己怀里来，双手圈紧她问："还冷么？"

不领情的琴无琴哭丧着脸狠命吸了吸鼻子说："更冷了啊。你这个露在外面的胸口已经被吹得好像一面冰冷的镜面了。"

"本大少爷愿意牺牲自己如此完美无缺的胸肌给你依着取暖，你怎么这么多说的！"花昭锦嘴上抱怨，但还是解下了腰间的葫芦形陶瓷酒壶送到琴无琴嘴边，"喝一口。"

一闻这气味，琴无琴就知道是她曾经在秦府里嫌弃过的"臭水"，她厌恶地往后一缩脖子，头顶撞到花昭锦的喉结。

"让你喝就喝！"他将瓶口压在她唇上。

琴无琴见他强硬，只好勉强地抿了一小口。

"多喝两口。"

她皱眉屏住呼吸猛灌三大口，这次有心理准备没再呛着了，咽进去以后嗓子里火烧火燎的。

"待会儿就暖起来了。"花昭锦满意地接过酒壶来自己也喝了好些口，舒坦地发出长叹，"不错，果然好酒，越藏越香。"

"喝起来像是藏了几百年已经坏掉的水……"

"哈哈哈！真有品味，的确是藏了二十年。"花昭锦笑起来。

琴无琴在风中晾着舌头。

过了一小会儿后，琴无琴感到眼界变得模糊起来，她觉得自己好像发烧了，也不再像乌龟般把脖子缩在衣领里，她挽起袖子摸了摸烫得能在上面煎豆腐的脸皮。

　　"臭狐狸，老娘好像给风吹得发烧了。"琴无琴软绵绵地冲身后说话，要不是花昭锦搂着她的身子简直要滑落下去。
　　"没有，你只是困了。"花昭锦忍着笑，又将她搂得更紧了一点，难得温柔地说，"你睡吧，一觉醒来就到了。"
　　他话音一落，琴无琴一头栽倒在他胳膊上睡着了。

　　他看着她的睡颜禁不住又想起他记忆中最后一面的慕遥也是如此平静安详的样子，仿佛只是午后小睡，一点微弱的动静就能叫她惊醒，可是却再也没醒。
　　"喂……"他有些害怕，情不自禁地叫了她一声。
　　"唔哼？"琴无琴从鼻子里哼哼了两声，抿了抿嘴，侧过脸朝他怀里更蹭紧了些。

　　花昭锦的嘴角安心地弯起来，笑意甜得像是盛满了蜂蜜酿成的酒，但渐渐地，一想到马上就可以通过那些戒备森严成百上千的守卫直接进入皇城，他的笑容像是被墨色渲染般，逐渐由粲然化作阴冷。

　　他在心底重复自己在无数个孤寂夜晚暗自赌咒的誓言——
　　慕遥，不杀光天下所有亏负于你的人，我永不罢休。

第八章

霄笑

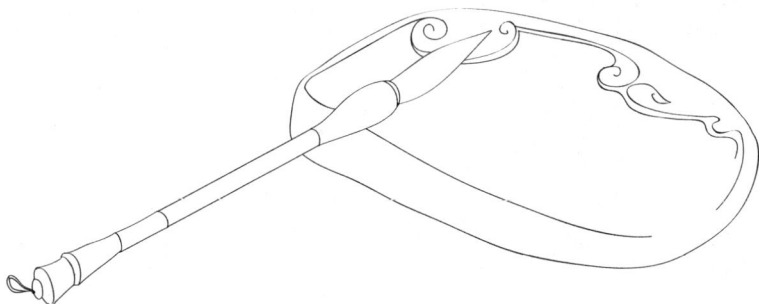

【一】

泉泾城是东莲国皇城根下的一座附属城池，是国内面积最大和拥有人口最多的城池，商贸往来仅次于涤月城，但在这座城内定居的大多是非富即贵、身份显赫之人，而寻常人家多数只是因为与富人家沾亲带故和在城内工作的原因而暂居于此，但也享有自己独门独院的瓦房，其生活也足够叫许多外乡人羡慕了。

因为许多关系东莲王朝根基的重要人士居于此地，在城中巡逻的城卫人数自然也较他城更多，他们全副武装地端着一柄柄长枪、腰里别着长剑，一队队穿过大街小巷时煞是威武肃穆，所以泉泾城的街上景象虽不比涤月城繁荣热闹但更显得井然有序，威严大气。

东方家的本家巨大官邸坐落在距皇朝中心最为遥远的烨津镇上，但其祖上先辈也在诸如涤月城和泉泾城等这样四通八达的大中型城池中置办了家业。

东方劫正在位于距离皇城大门不足百里之遥的东方府中与东方祈嵘就进宫为庆贺皇后诞辰献演一事进行最后的流程确认，他端坐于宽大的书桌前，指着手中的确认书对他对面的弟弟吩咐："嗯，再添上一位女性演出者。"

祈嵘接过来领首表示没问题，似要离去的他犹豫了一下还是压低声音开口："之前协助西鳞楼与北杏园的妓女出逃一事……"

"嗯？"东方劫挑眉看他，眼底是一丝不悦。

从来对兄长敬畏服从的祈嵘一直以来都是对东方劫发出的命令不问任何缘由细节，只是沉默而完美有序地执行，所以这一次他也不多问，只是表达了一下困惑，"大哥足智多谋，一切自有安排，做弟弟的不敢妄自猜度，只全力效劳便是。只是……我在西鳞楼内遇到了一位少女，那身形模样有些像……"

东方劫扬手打住他的话，冷淡地说："那不是你所猜想的人，关于此女以后或有用处，你不用担心。"

"是。"

"最近有什么麻烦吗？"东方劫暗指涤月城内两大青楼火灾的案子在官府中是否有进展。

"暂且没有，因为尸体量多又已烧得焦烂，足够仵作们焦头烂额许久的，但是……"

"什么时候祈嵘说话也这般吞吞吐吐了？"东方劫看着比自己还要高出半头更身强力壮的弟弟面露鼓励笑容，东方焕虽然也算听话，但要论办事效率还是祈嵘更能助他成就大业。

被兄长戏谑的祈嵘古铜肤色的脸上掠过一瞬无措的羞涩，他低头抱拳一板一眼地说："恐怕有一位本朝官员也葬身于西鳞楼的火海之中。"

东方劫以眼神示意他继续说。

"是在皇城中统领西城卫兵的校尉霍踪。"

"哦……"东方劫眯起眼似在回忆，"我见过他，一脸大胡子，很鲁莽又自大的男人，仇家挺多，怎见得是死在西鳞楼里了呢？"他身子往后靠，轻飘飘地说，"他死了就死了吧，也不是什么人物，巴不得他去死的人多着呢。"

他们之间的谈话刚结束，门外就传来一阵嘈杂声。

东方劫锁起了眉头，祈嵘立即表示他去责罚喧哗的下人，东方劫却站起来要同他一块儿去看个究竟，因为府里上下的人都知道御王爷喜静，所以平日说话干活都尽可能压低音量，叫整个东方府像是独立于熙熙攘攘的泉泾城中的寂声幽谷。

府里就是死了人也静得连一丝哭声也不会传到东方劫的耳朵里——"能出什么事惹得这般吵闹？"他感到奇怪。

循声来到府里最空阔的庭院里，一群下人正指着远处的天边，有只巨鸟振翅朝这边飞来。

就算是因为家族渊源古老的关系见过许多奇珍异兽的东方劫和祈嵘也从未见过这么巨大的鸟，他们都顿足一怔。祈嵘的第一反应是挡在东方劫身前戒备，但他的兄长似乎不太在意，冲他点头示意去把聚拢的下人们支开。

"都散开！"祈嵘一声喝后，众人回首看见了他纷纷露出畏怯表情，当他们的视线瞄到他身后的御王爷时，什么神色也来不及表露就匆匆作鸟兽散了。

清场后，那逐渐逼近的大鸟双翅挥划空气时传来的呼呼轰轰声愈加显得洪亮霸道，一波波浪涛般的劲风扑拍向祈嵘和东方劫，扬起他们的发带衣摆。

等这只浑身羽翼漆黑纯白相间的大雕作势要降落在他们眼前的屋顶上时，祈嵘一直压在腰间剑柄上的手有些按捺不住地紧张了起来，东方劫已经看清了鸟背上有两个人影，他抬手按在祈嵘手背上叫他少安毋躁。

坐在大雕身上的琴无琴还在埋怨花昭锦为了炫耀花载花，不同意她提出来的在城外郊区降落的要求，非要叫它飞到城里来引得许多街上行人指着他们像看怪物似的哇哇大叫，还吓得一些孩子坐在地上尿了裤子。

花昭锦潇洒地一甩被风吹乱的长发，掸了掸身上的灰尘高声道："以本少爷倾国倾城的高调美貌，你叫我大摇大摆从城门走进来？那才是招人眼呢！"

"别乱甩了，你瞧你身上这些乱七八糟的项链珠子，万一伤了你的冰肌玉骨……"

没听懂琴无琴的嘲讽，花昭锦很认真地点了点头表示赞同，"所言极是。"说完，用手压了压脖子上的项链确保它没有被风吹起刮到自己。

琴无琴张了张嘴最后还是放弃继续和他纠缠，背上自己的琴翻身跳下花载花的后背。

见到许久未见的东方劫就站在庭院里望着自己，她顿时有些紧张，后背也绷直了，僵硬地抬手捋了捋自己的刘海，又故作四下张望了一番才注意到东方劫所在后，做作地提起裙摆飞下屋顶。

"飞高一点，别被猎人逮到做成烤肉。"花昭锦与花载花道别后，也飞身落地。

"我来赴约了。"琴无琴站到东方劫跟前，装腔作势地说。

东方劫含笑以目光细细摩挲过她的脸后，言辞真挚地说："你比上次别过之后更美了。"

又来了。每次被东方劫那双质感仿佛冰凉琉璃的眼珠子盯得久了，琴无琴就感到自己后背胳膊被人用指尖若即若离地轻轻滑过，弄得她浑身泛起鸡皮疙瘩，但并不是会叫她厌恶的感觉，只是会使她有些心烦意乱。

"祈嵘，这位是琴无琴姑娘。"东方劫向身边一直面露疑惑的祈嵘介绍道，"她同我们一起进宫为皇后贺寿。"

"还有我！"花昭锦走上来，顺手用琵琶拨弄出一段润亮悦耳的音符。他如同向观众谢礼的舞台艺人般鞠躬行礼道："在下花昭锦，是无琴姑娘的演奏伙伴，虽才疏学浅但琴瑟琵琶、丝竹管弦都略懂一点儿。"

听不惯他这么正经又谦恭地说话，琴无琴赶紧开口接话不然生怕自己憋不住笑，她对东方劫暗示说："他是关乎我能否完成约定所需要的重要伙伴。"

明白她话里意思的东方劫打量了一番花昭锦，若不是这个阴柔少年胸前露出一片平坦，即使是经历丰富的他也需琢磨一番才能确认眼前人是男是女。

不过是初次见面，虽然对方礼数周到，但东方劫还是隐隐从他身上感受到了些许对抗敌意，他轻轻一笑，有意为之地对祈嵘吩咐："那便在演出者名单中添上两名女性吧。"

保持微笑的花昭锦嘴角轻轻一抽，在心中向眼前人的俊脸挥去了携着狐妖之力的凶狠一掌。

【二】

经过了一夜休整，隔天琴无琴和花昭锦就跟着东方家浩浩荡荡的人马进了皇城。

因为琴无琴与花昭锦算是东方劫的贵客，所以他们同乘在一台足以容纳八人入座的华丽马车中，车厢使用花纹美而质地坚硬的青榆木制作，窗框是复杂的镂空雕刻，琴无琴身下的柔软坐垫是金线绣花的桔梗花色缎面。

"你昨晚睡得好吗？"琴无琴边揉着肩膀边随性地向花昭锦搭话，虽然她之前在洞里和大雕背上——其实都是在花昭锦怀里——睡过两觉，但毕竟不是躺在床上总不踏实。

自从离开涤月城坐进了玄荆的小驴车中后，一直风里雨里地吃苦受累，昨晚上终于能伸展四肢饱饱地睡一觉了，她困得连送进房里的精美饭菜都顾不上吃，直睡到将出发时间被下人从门外唤醒后才胡乱塞了点食物进肚。

花昭锦注视着窗外心不在焉地回答："还好。"

其实他没睡，虽然已近千年的独处经历使他习惯了与孤独为伴，但这一年多来每天都在和吵吵嚷嚷的琴无琴打打闹闹，突然间这疯癫的丫头不在身边，在一夜清净中，他细数远处的虫鸣鸟叫怎么也无法安神。

"臭狐狸，跟你说话的时候看着我。"琴无琴不高兴花昭锦的态度，抬脚踢在他膝盖上。

"野人！"花昭锦瞪她一眼，这回她倒是满意了，冲他咧嘴一笑。

这胡搅蛮缠的小野人，竟愣是叫自己千年的习惯敌不过一夜清寂。花昭锦看着她那张无忧无虑的脸，像是喝了一口瓶身热得烫手的酒。

她不是慕遥。他告诫自己，不能再对这个与慕遥长着同样面容的少女付出更多情感了。

他阴沉着脸又看向窗外，穿过森严壁垒的皇城大门和高墙，皇宫的轮廓终于映入眼帘。他搭在膝盖上的手忽然箍紧了，他想，等这一切完事之后，就该去找真正拥有慕遥灵魂的转世——失踪已久的秦慕遥——从此再也不放手。

下了车后，宫里的侍应们宫女们井然有序地迎上来为东方家的人马安排食宿，在他们领着浩浩荡荡的队伍朝一座座褐红色重檐歇山顶的小宫殿走去时，琴无琴注意到远处还有别的队伍也在行进，果然如东方劫所说，为皇后贺寿的庆典将会持续大半个月，来自国内外身携贵重礼物的客人们和他们领来的献演者们，将会出现在平日闲杂身影难觅的恢宏皇城的每一条石板路上。

鱼龙混杂中正适合掩人耳目地低调行动。不过琴无琴并不想太快完成任务，首先她不愿意与花昭锦分手，再则她也想和东方劫多相处一会儿，这个男人使她充满好奇，他是个谜，她想知道他究竟是好人还是坏人。

而且就像对皇宫兴趣盎然的花昭锦一样，琴无琴也想在宫里多玩上几天，以前住在山里的她可没想过自己有天能到皇上住的地方瞧上一眼。

跟在人群中朝前移动的她像只刚破壳而出的小鸡似的左右张望，从进入城门那刻她就想感叹了：真大！大得真浪费。

一台马车行驶在广泛空旷的广场上就像是一块绿豆糕掉在厨房的地面上般前后无援。琴无琴忍不住幻想得有多少块绿豆糕才能填满这片广场，最后她因为脑子不够用而放弃，转而观察那些与广场边缘接壤的一座座拔地而起的大小宫殿，它们高度相仿，设计得层层叠叠又间隔有距，两坡五脊、四坡九脊的屋顶漆着缤纷色彩，有豇豆红浅湖蓝原野绿等，有种乱花渐欲迷人眼的美。

最为气派的建筑还是在一片中小型宫殿中体积最庞大伟岸的皇宫正殿，仿佛由高处俯瞰众山小的巨人，它是金漆的重檐庑殿顶，自正脊两端斜向延伸到四个屋角的四条垂脊上翘的尾端是象征其尊贵的龙形雕塑，其金色墙体和窗框也充满了盘龙飞龙等各种形态的龙形漆绘和雕刻，集远观大气与细究精巧于一体，可见多少个自古以来最心灵手巧的匠人之血汗渗入其中。

见惯了湖光山色的琴无琴被这样磅礴浩荡的人造建筑所震撼，正看得如痴如醉呢，东方劫却领着东方焕和三个下人走来对她和花昭锦说："现在正是最佳时机，走吧。"

"这就走？可是——"还没看够的琴无琴惊呼，惹得周遭人的视线探过来。

"嘘。"东方劫以食指压着自己的下唇冲她做出噤声动作。

琴无琴立即咬了咬嘴，把半截话咽进肚子。

站在东方劫身边的东方焕是初次见到琴无琴，他已经听祈嵘说过这少女长得很像秦慕遥。

什么很像，根本就是一模一样。他不屑地噘着嘴打量琴无琴想，但是又完全不像。这个假冒的东西看起来笨拙又鲁莽，若不是仗着这张脸好看，她和田野间与人打架的乡下小孩有何区别。

为何向来冷峻的哥哥对她如此和煦？东方焕越看琴无琴越不顺眼，满腔嫌弃就挂在脸上。待她仰起头来与他视线撞上时，琴无琴礼貌地露出微笑，他一甩长长的发尾用力从鼻子里发出一声冷哼后，转身朝前走。

穿着姹紫嫣红的裙装戴着一身亮晶晶首饰的他，纤细苗条、细腰翘臀，走动起来头稳肩摇、腰肢扭转，远去的身影比琴无琴更有女性样子。

笑容僵在脸上还未及收回的琴无琴不知自己是怎么招惹到人家了。

花昭锦曾对她形容东方劫的两个兄弟都是狗，大高个乍看很像大哥的那个祈嵘就是一匹沉闷寡言的大狼狗，这个娇小的就是一只被人捧在手里趾高气扬的蝴蝶犬，他们一个会对外人龇牙狠瞪，一个会嚣张狂叫，都只亲近自己的主人东方劫。

明明已经脱离琴无琴拥有独立身体的花昭锦像是此刻又读到她心思似的，凑到她耳边问："像不像？"

琴无琴再看远去的东方焕，还真像是披着花花绿绿小衣服的巴掌大小狗。

她脸上凝结的笑容又绽开来，和花昭锦默契十足地挤眉弄眼一起坏笑。

见琴无琴完全不把自己放在眼里地和花昭锦旁若无人地亲密互动，向来被人追捧惯了的东方劫眉宇间掠过一丝不快，他一言不发地带着下人们转身穿过人群。

见东方劫离去的琴无琴立即扯着花昭锦的袖子跟上去，即使是从来不正经的她也明白办正事要紧，来这一趟皇宫可不是为了游玩的。

【三】

穿过碎步小跑的忙碌人群，东方劫一行人朝一条人烟渐少的小路走去，没料想却在路经桃花园时遇到了被一拨人前后簇拥的东莲王。

正是烈日当空的正午，原以为皇上不可能挑这时候来赏花的东方劫先是一怔，随即处变不惊地扬手止住身后人的脚步，恭敬地道一声："皇上。"音量不大不小刚好能叫后面跟上的人听见。

不如哥哥有御王爷身份加持的东方焕随即抬手向下一压，示意大家和他一同跪下去，琴无琴没有什么传统尊卑的思想，她全无所谓地跟着下人们就跪下了，见花昭锦还站着没动，她一把揪着裤腿将他拽下来。

母亲曾给她说过一些对皇上不敬会被砍头的恐怖故事。所以琴无琴警告地冲身边的花昭锦缩了缩脖子，严肃地瞪着他。

然后她才偷偷端量东莲王，毕竟不是每个人都有机会见到皇上。

在战场上叱咤风云、威名远播的当今皇上果然如民间百姓所敬仰猜想的一样，是个精壮高大、相貌堂堂的年轻男子，皇袍下的肩膀宽厚、胸膛结实，胳膊和双腿洋溢着成年雄狮般的力量。

他右手边是他最宠爱的辰帘皇后，仪态端庄温婉，嘴角含笑。在他左手边的是他的爱妃，辰帘皇后的好姐妹雪芊，面若寒霜，以纤纤玉手持着手帕一角一直遮着半边面容，像是怕吸进太多空气。

他们身后是队列整齐划一的宫女和护卫，最靠近身边的两个人低眉顺眼地为他们举着一把硕大的刺绣遮阳伞。

"这不是御王爷东方老弟吗？"东莲王嗓音浑厚、霸气天成，虽然张口就亲热地对东方劫称兄道弟，但阶层上下之分在语气里透露得分明，"你们这是要上哪儿去？"

东方劫迂回反问："皇上，平日为国事操劳挂心也罢，听闻陛下刚从前线探察完了回来不久，此刻为何没在寝宫午睡？日头正烈，还请保重龙体。"

"皇后突然来了兴致想去确认酒宴大殿的布置，其实她就是贪玩坐不住而已。"东莲王不顾自己威武至尊的身份，当着众人的面像个热恋中的普通男子般侧过脸去搂住辰帘皇后的腰，冲她露出宠溺笑容，就如全国上下所知一样，他不同于过去万花丛中过，片叶不沾身的帝王，唯独专情于皇后。

注意到他这举动的花昭锦眼底飞闪过一丝寒光。

"皇上与皇后恩爱情深，象征我东莲王朝国泰民安、举世兴盛，实乃东莲百姓之福。"着一袭白袍的东方劫在桃花树下温文尔雅地微笑，看来清新俊逸、胸无城府，他每一句寻常话语都透着宠辱不惊、光明磊落的正气，"我领着这些演出者正寻一处隐蔽清净的场所进行排演，希望正式登台时能献上最精彩的表演。路经此处，有幸巧遇陛下，还望没惊扰皇后散心的雅兴。"

——说话这样慢慢吞吞又弯弯绕绕，像是每个字中间都能挤上两三个字，实在和在西鳞楼中话语简洁又语气狠准的他像是两个人——

琴无琴想东方劫果然高深莫测，再想到他一意孤行令人火烧西北两楼至寸草不留，她又不禁有些寒战，他就是个失控的、具有强大吸力的黑暗风眼，比高高在上的皇帝、比触手不及的星辰都更叫她好奇。

"东方老弟这话说得见外。"东莲王爽朗一笑，"既然要进行排演，可否提前让我们开开眼界？看你带来的人各个天香绝色，想必才艺也是格外出类拔萃吧！"他老早就注意到琴无琴和花昭锦两抹火红存在，他抬手指着琴无琴道，"这位姑娘请把脸抬起来，怎么称呼？"

当听到皇上想开眼界，琴无琴就慌了，她那点皮毛功夫能完整弹出一首曲子来就谢天谢地了，哪里称得上才艺。她怀里抱着琴，硬着头皮抬起脸惶恐地笑了，"皇上，我叫琴无琴，学艺不精，只会一首《许风叹》。"——感谢冰雀！她在心里打鼓。

即使真心一生至爱皇后的东莲王到底也是个贪恋美色、坐拥后宫的男人，他毫不掩饰在看明了琴无琴容貌时一刹露出的惊艳神色，抚掌大笑道："好！好个学艺不精的大美人儿！东方老弟，瞧你每天端着一张无欲无求老僧入定的脸，竟藏着这样一个娇媚可人的小仙女，真是不容小觑啊。"他又继续鼓励琴无琴，"不用紧张，一首就一首，随意弹一弹。"

皇上金口玉言一出，琴无琴身边的人即刻散去为她空出一大片空地。

只剩下花昭锦还在身边的琴无琴着急地看他一眼，他冲她点头，看来是躲不过了。他小声说："你只管弹，我来伴舞，用狐媚把所有人迷得七荤八素叫他们听不见琴音。"说罢，他抱着琵琶站起来作好准备。

被赶鸭子上架的琴无琴装腔作势地摆好架子，正儿八经地弹下了一个音符——

一个音符——

再一个音符——

又一个音符……

一个接一个的音符可以听出来的确没有走调，也的确是《许风叹》的前奏，但就是像一道给硬生生劈开来分碟而上的前菜，一篇用逗号将每个字割开来的文章，使在场的人忍不住为她找借口：这是故意的吧？

当他们正期待琴无琴出其不意地一鸣惊人时，东方劫早注意到了她额间拧出的一个"川"字纹——就和他在西鳞楼中与她过招时一样——琴无琴被逼到极限就会露出这种苦大仇深的脸。

他心中憋着笑，虽很想看这出滑稽戏如何收场，只可惜处境不允许。他不动声色地接过手下怀中小心护着的他自己的轻雷式红褐色柏木琴，来到琴无琴三步之遥处坐下来，一段高山流水般的琴声立即流淌向了每个人的耳朵。

在东方劫有意为之的配合下，琴无琴演奏出来的断章竟显得恰到好处了。

他一双灵活手指下拨出来的《许风叹》不再是期期艾艾的相思泪，嘈嘈切切、狂风暴雨般的乐声，不再叫人联想一名柔软女子倚风长叹的画面，排场大得像是暮色如血的战场中与战败的将军生死相随的烈妻对空高歌。

花昭锦这时以如鸣佩环、泉水叮咚般清脆悦耳的琵琶声适时地介入，三种全然不同的音乐风格竟融合得天衣无缝、浑然一体，直叫人听得浮想联翩、如梦如幻，而当他再飞起身上叮当作响的饰物舞动起灵活轻盈的身体来，在场无论男女、天子或凡人，直看得目不能移。

其实花昭锦并不很擅长婆娑起舞，但身为狐妖有身骨柔软又媚态天成的优势，再则，他有天下无敌的狐媚大法。

当开始借着风向朝东南西北散发无色无形但有着淡淡花香的狐媚，他有自信叫眼前这个好色皇帝忘记他花昭锦是男是女，立即将琴无琴抛到脑后，除此之外其他人也一个都别想逃。

通通都是本少爷的花下傀儡。

他心中妖性勃发，一双金波荡漾的含情美目如漫上湖畔的流水般浸过每一个已然心醉神迷的观者。

一曲终了后，人们半晌难以从迤逦天籁中自拔，他们的目光更是在花昭锦身上流连忘返。

果然如花昭锦所愿，东莲王径自走向他跟前痴痴地盯着他的眼睛问："你的眼是金色，实在罕见。据我所知，只有长期佩戴远古神器的人才可能使眼珠子颜色呈现七彩其一，要么你身上有什么特别的东西……"似乎醒悟到什么，他眼中痴色散了一些，抹上了一丝猜忌色彩，"要么你不是寻常人类。"

在尔虞我诈的人间活了这么许多年的花昭锦自是面不改色地随口撒谎："皇上，在下来自遥远的西方，在我们的国家，有许多颜色的眼睛。"

"原来你来自金国？我的确听闻那里有许多神秘的奇人异士。"东莲王面上疑云消散，他喜形于色地问东方劫，"东方老弟，我喜欢这个外国人，能否让他在宫中多待些时日陪陪我。"

"悉听尊便。"东方劫也对花昭锦的话半信半疑，心想难怪他拥有那头巨大的飞天坐骑。

"那我就不打扰你们演练了，期待各位在酒宴上的表演。"
"恭送陛下。"

【四】

一行人终于来到宫中御医们的起居所"仁合宫"外，杜宏飞和云秀蓉的女儿杜露萱就寄宿在其中的一间寝室内，由云秀蓉亲自指定的可信大夫伺候诊疗。

今日因为大量外宾涌入皇宫，所有御医都被指派到宫中各处等候需求传唤去了，所以仁合宫里甚为冷清，杜露萱这个病人的房门外只有两个不住打着呵欠的无聊守卫。东方劫身边的下人机灵地走上前去与之攀谈然后引开。

如果杜露萱真的是被狐媚所惑陷入昏迷，那花昭锦"治疗"她的过程就不能为外人所见，所以琴无琴要求东方劫和东方焕留在门外，就她自己和花昭锦两个人进去了。

屋内有一股难以言说的气味，琴无琴一进去就感到被人以填满了棉花的枕头闷面一击，虽不至于昏倒但也够她晕乎一下。

"是从那个熏香炉子里散发出来的。"花昭锦指着床边一个香炉，他快步走上去看了一眼躺在床上形容枯槁的杜露萱，嘴唇微张、半合着眼睛，看起来好像正在发烧而神志不清的病人。他伸手摸一下她的额头，又压了压她脖颈的脉搏，然后冲琴无琴坏笑道："果不其然。"

"别废话了，快弄醒她！"琴无琴怕花昭锦又要调皮，便催他赶紧干活儿。

"要知道，只有道行千年、高深如我这样的狐妖，才有本事用狐媚把人迷得七荤八素、晕头转向，老子还以为这世上有哪一位同行法力无边赶上我了呢，果然像本少爷这样举世无双的大妖怪是独一无二的哈哈哈。"

"面对这么可怜的昏迷少女你都笑得出来太丧尽天良了——"嘴快的琴无琴对自鸣得意的花昭锦劈头盖脸地数落起来，都骂完了才回味出他话里的意思，"啊！"她轻呼，"你是说她没有被妖怪谋害？"

花昭锦无言地瞪着琴无琴对她表示自己无故挨骂的不满。

"骂你两句怎么了，一个大男人干吗这么小气。"琴无琴心虚地说，"再说了，你就不能别绕那么大个弯子——还得先夸自己几句——你就直说能治不能治不就结了！"

"去把那炉子先熄了。"花昭锦不高兴地冲她努努嘴。

琴无琴从桌上拿起一壶水打开香炉盖子就倒进去，然后将紧闭的一扇扇窗户敞开去散味儿。

在外面站着的东方兄弟见了她的举止，便狐疑地朝屋里走来。

此时花昭锦已经扶着杜露萱坐起来，他坐在她身后一手扶着她的肩一手揉着她的后腰位置，琴无琴看见他手背上发出一片暖红光芒，就像是以手掌去遮挡灼眼阳光时被光穿透皮肤的效果。随着一缕缕肉眼可见的轻烟从花昭锦手上冒出来，他贴着杜露萱后腰的手猛力往上一滑到脊柱之上，这姑娘突然"哇！"的一声朝前倾身，吐了许多黄水出来在被单上。

在一边屏息以待的琴无琴看见花昭锦又松手让她倒下了，忙问："怎么没醒？"

"等药性过了就醒了。"

"什么药性？"东方劫走进来问。

花昭锦不想理他，一副望天假装耳背的样子，琴无琴的手在他后背上用力一拧。

"哎——"花昭锦一声吃痛后心不甘情不愿地冲东方劫歪头假笑，嘴中阴阳怪气地介绍起来，"根本不是什么怪病，如果喜欢拿麻药当水喝是怪病的话，那这姑娘病得不轻。"

东方劫双手背在身后，歪头"哦？"了一声表示愿闻其详。

"有人定期给她喝使人陷入深睡的药，这种麻药通常用于给需要做外伤切口的病人使用。少量又持续使用的话，久而久之就会叫人意识混乱、成日迷迷糊糊，最后四肢软弱无力躺在床上成为废人。"

"你这意思是……"东方劫冷着脸，似已经清楚一切，"常在身边照顾她的大夫，就是罪魁祸首？"

"应该是。虽说这麻药在药铺里也能少少购买，但主要因为药量如何控制，不是普通人做得来的，下得重了会死人，所以应该是懂得医理又常在身边有下手机会的人。"花昭锦指着已经被熄灭的香炉说，"那迷幻香更是会迷乱她的意识，好像梦游人一样会笑会说话，只是对外界没了反应，算是以防万一的恶毒手段。"

东方劫脸色越来越阴沉，他对花昭锦接下来关于如何让杜露萱恢复清醒如常的说明不再感兴趣，转而对东方焕交代送琴无琴他俩回去宫中安排下榻的住所就转身快步离去。

身为明威将军夫人的云秀蓉自然是收到了皇后庆生宴会的邀请，此刻，她正在宫中为她安排的豪华居所中泡着玫瑰浴，为日落之后与此刻同样身在宫中的东方劫的秘密幽会作准备。

她嘴中哼着小曲儿，已经泡得差不多该起身了，只是半天没听到被她叫去拿一些浴后粉扑的宫女回来的脚步声。

"唉，这宫里的丫头使唤起来就是没自个儿带的勤快机灵。"她喃喃抱怨着，边一波波撩着水，轻揉着自己滑嫩的胳膊，懒散地叫起来，"来人啦！将我放在梳妆台上的镜子拿过来！"

"夫人可想念我？"

在幽谧封闭的浴室中，只有云秀蓉身陷的船形木头浴盆中发出水波汩汩声，除此以外再无他音，一柱八支的落地烛台上的明亮火焰舞得凶猛却也无声，所以忽然一把低沉的男音在这空间突兀响起，犹似从地底下钻出来的鬼火般吓得她一激灵。

"原来是你……"转脸看到从屏风后走出来的东方劫，她长舒了口气，娇嗔地怪他，"吓死我了。"

他来到她身后，将她所需要的一面镜子递上后，双手撑在浴盆边缘，弯腰附在她耳边说："夫人今日也美得叫人饥肠辘辘。"

"嘻。怎么这么早就来了？太阳还未下山呢。"云秀蓉被东方劫的情话哄得愉悦，她对着镜子抹去脸上的水珠，满意地观察自己吹弹可破的饱满肌肤，"是太想我了？"

"是，有个天大的好消息，迫不及待地想告知夫人。"
东方劫这话里含笑，但他面上却皮笑肉不笑，只是云秀蓉没察觉。
"什么呀？"
"可以开始准备我和杜露萱的婚礼了，岳母大人。"
云秀蓉的瞳孔无声地震动了一下，她透过镜子看身后男人的脸，烛光与波光混合成一只只抖翅的光蝶一群群从他完美无缺的唇线鼻梁飞过眼角眉梢，衬得他因为阴冷笑意而显得整张脸美得诡异非常，就像是从幽暗地府中来到人间专收怨女性命的俊美邪魔。

"她醒了。"东方劫一阵轻笑，用食指指尖摩挲过云秀蓉的肩线，"夫人想听是怎么回事儿么？其实说来有趣……"他尾音拖得老长却话尾一转，"只是本王懒得说。"

"东方劫！"云秀蓉突然义正词严地尖叫起来，"别以为我不知道你接近我的目的！你只是利用我，你想要权势，你的心不在我身上，一点也不！可是——我可是——真的为你疯狂，愿意为你做任何事，只要你人是我的……即使是我的女儿，她也不能……"她凶狠地凝视着镜子中冷漠的东方劫咬紧牙关，"不能从我这里夺走你。"

"哦？你知道我对露萱没有任何兴趣。"东方劫直起身子，话语中的寒气缓和了许多。

"呵，你以为我不了解你吗？"云秀蓉一声冷哼，放下手中的镜子道，"待你娶了她，就算你不提，杜宏飞那么好面子的人也势必要为他的女婿争取好看官位，恐怕就此带你奔赴前线弄几个鼎鼎战功回来，即使好运为你求了个文官散阶，依你这般冷血，也决计会过河拆桥离我而去……更何况我知道你贪心得很，就算真的事事如你所愿也无论如何填不饱你饥渴的狼子野心。"

东方劫不发一语，当是认可了她这番自说自话。

她转过身来，怜爱地看着他的脸继续说："我不会眼睁睁看着那一切逐步发生，我要你留在我身边哪儿也去不了，为何你就不能死心塌地陪着我呢？你除了功名，什么都有——"

"不为功名，本王为何会与你在一起呢？"

"……"没料到与自己温存时柔情百转的东方劫冷酷起来竟能至如此地步，云秀蓉面部一抽，震惊得吐不出一个字来。

"你很美么？你老了，即使杜露萱，也好歹有一副青春肉体。除了功名，我什么都有，那你有什么呢？"

"东方劫。你的这份凭空而来的骄傲最是惹人喜欢疼爱——"云秀蓉到底是个有岁数有经历的女人，她很快就镇定下来，甚至有些得意地抬起湿答答的手轻轻捧着东方劫的脸，像是在赏玩一件精美的工艺品。她抬起下巴傲慢地说："你只是个徒有虚名的王爷，哦，不，御王爷，多了个字，就与真正的王爷差之千里，你就像是被主人冠以好看名字、赐以豪宅，却从不牵出门去的漂亮宠物。"

东方劫面上笑意如同一瞬冻结的湖面，然后发出细微清脆的"咔嚓"一声，裂开来，他笑意更深了，湖面坚冰纷纷碎落，巨大寒意翻腾。

他淡淡地说："知道吗？曾经有一个女人践踏本王尊严，只一次，然后她家破人亡了。"

【六】

正原路返回的琴无琴和花昭锦一路轻声交谈着，东方焕快步匆匆走在前面，似乎想与他们拉开距离，不想有任何眼神、话语的交流机会。

"那姑娘只要体内麻药排干净了，居住在空气清洁的房间里，要不了几天就会好起来？她都那副要死不活的样子了，真有这么简单吗？"琴无琴哇啦哇啦地说着前言不搭后语的话，"说起来不知道冰雀怎么样了？她现在应该在玉岛了吧，等我们离开这里，就去看看她，希望那个什么百里玄荆没有为难她，不然就太对不起他那一身好人气质了。然后我可以帮你去找秦慕遥，同时找找秦府灭门案的线索，我一定要严惩凶手——"

"我要留在宫里。"

琴无琴不断地说着话，就是因为不想听到花昭锦说出这句话。她只是粗神经，但不傻，早已从他欲言又止的犹豫神色里猜了出来。

他们此刻正路过来时的桃花园，花昭锦停下脚步，难得严肃地看着她说："我有我的理由。"

"你要有什么想办的事，告诉我，我也留下来，可以给你帮手啊……"琴无琴还想挣扎一番，自从下了庶红山后，她再也不曾尝过孤身一人的滋味，她有些贪恋身边有另一个人的体温了。

花昭锦在红艳成叠的桃花下对她露出安抚微笑，却藏不住眉宇间的忧郁，"你不明白，我背负着什么，不想叫你也牵扯进来。我们之间就此……"

一阵由远及近的马蹄疾奔声打断了他的话，地面上堆积的花瓣被一窝窝卷起形成绯红色龙卷风。

是东方劫！他骑着一匹披挂鲜艳绣毯与复杂皮革配饰的黝黑而高大的骏马，马背上镶着珠宝的青铜马鞍显示其是一匹贵重的礼物。

一眨眼间，他在擦过他们身边时，临时起意地俯下身子一伸手把琴无琴捞起来扔在自己身前，对东方焕一声声"哥哥！哥哥你去哪里？"的呼唤置若罔闻，驾马狂奔。

身为狐妖对外界反应极快的花昭锦也怔了一下，他作势要追但又立即顿住动作。

不要再为无关的人打乱步伐了！该断就断。他在心中决定借此机会与琴无琴划清界限，望着在花雨中远去的黑马，他轻轻叹了一声："永别了。小蛮牛。"

第九章

云外

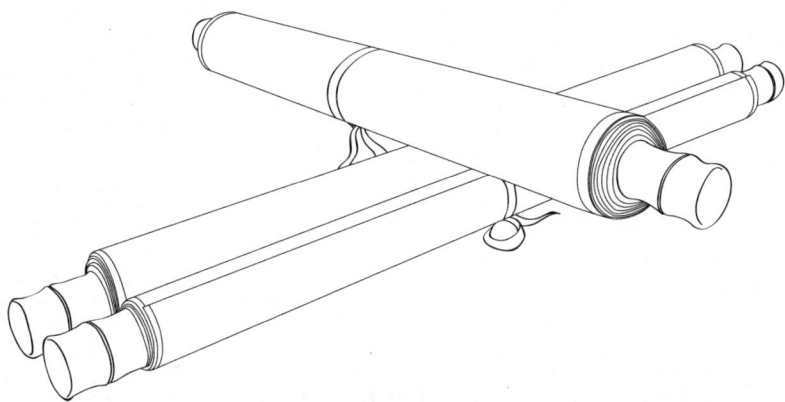

【一】

直到天边一片云蒸霞蔚，今日皇城迎客时间已然结束，一片纷乱的巨大城门前有两队城卫正从左右往中间合力推门，因为有三层楼高的红漆铜门钝重非常，所以闭门动作不能一气呵成，当门间还剩一段微妙间距时，一匹华丽装饰的高头大马从远处踏着纷沓蹄声冲来。

城卫们一时停止了动作，不知所措地相互张望询问："那是什么？""怎么回事儿？"

"站住！来者何人！报上姓名官衔！"队长拔出腰间长刀指着黑马上模糊的人影大吼，同时转身冲愣住的人下令，"发什么呆还不快把门关上，然后合力捉拿马上之人。快！"

等他再一回头，骏马从头顶狂啸飞跃，暗影如潮中他吓得双手抱头，再一睁眼转身，黑马已穿过城门缝隙绝尘而去。

肚子朝下横在马背上的琴无琴后背上还被她的灵机琴压着，就这么狼狈地双手紧紧抱着东方劫的大腿，被上下颠簸得发出有节奏的呐喊声，"无论呃呃呃你要干什么呃呃呃！你能不能呃呃呃——让我——有点尊严呃呃呃！像个人而不是麻袋地呃呃呃好好坐着！"

于是东方劫抓住她的腰带一提一甩，她就侧身坐了起来，但这个姿势也谈不上多么好受，她转而双手抱紧他的胳膊继续尖叫："慢点！慢点！我要被颠碎了！我不会骑马！"

她剧烈颤抖的牢骚声极近地贴着自己的耳朵，使得东方劫又想生气又觉好笑，他一踢马肚子使得黑马跑得更快，随着琴无琴一长串又惊又怕的"啊啊啊啊——"声响起，他哈哈大笑起来道："别急！出了泉泾城就让你完完整整地下马！"

"出城？为什么？这是要去哪儿？"琴无琴盯着眼前震颤的视野，手指紧张地抠着东方劫的衣料，像是在猜度自己能不能跳下马去，"我……我要下去！"

"你哪儿也去不了。"东方劫一手圈住她的腰，将她往自己怀里按紧，单手骑马。

"你……你……你好好抓着马绳行吗大爷？"琴无琴脸色青白，又重复，"让我下去！"

"休想。"

"我……我要吐了……"她捂着嘴发出"呜呜呃呃"好像强忍的声音。

接着，在听起来略显凄惨的一声"呕——"中，黑马被强硬地迫停下来。

在小巷子中的黑影里吐干净了的琴无琴半天不出来，她觉得自己没脸见人，尤其是东方劫。

东方劫正卸下马背上被琴无琴弄脏的一块压在马鞍下的刺绣毛毯，皱眉拎着一角扔到地上，回身冲巷子里问："你是打算在里面过年吗？"

这里面是死胡同，琴无琴实在是找不到可以逃跑的地方，也蹲地敲了敲石板地面确认过挖不开一个洞来把自己埋上，才只能认命地磨磨蹭蹭贴墙走出去。

"确定都吐干净了？我不介意多等一会儿。"

琴无琴面上一阵白一阵红地点点头。

"那上马。"他拍拍马鞍。

"那个，我……"她尴尬地抬起头，刚想说点什么，却被她此刻空空如也的肚子抢答了。

"咕噜噜——"

腹鸣如鼓的声音。

【二】

经过好些天一口气都不给喘舒坦了的折腾，平时嗜吃如命、胃口如牛的琴无琴愣是没机会坐下好好填饱肚子，今天出门前在东方劫府里急匆匆吃的那么一顿，没一炷香的时间就消化干净了，等于没吃。

所以进了酒楼后，伙计才将菜碟铺了一桌，琴无琴看着眼前热气直往脸上蹿的芋头烧鸭、清蒸鲈鱼、松仁杏鲍菇、小葱煎蛋、木耳白菜炒肉片和冬瓜排骨汤，她狠狠咽下一口口水坐直了身子，"嗯哼"一声优雅地伸出筷子。

才吃了第一口，她就再也把持不住矜持，端起大碗盛的白饭大口菜大口饭地"啊呜啊呜"地扒拉起来。

端着酒杯的东方劫要笑不笑地看她的筷子飞快游走在菜碟之间，在心中再一次肯定了她绝对绝对不是秦慕遥，天下的女人死光了，她也不会是那个秦慕遥。

半饱之后的琴无琴像是终于恢复了一半理智的饿狼，放慢了手中的动作，开始反省自己给对面男人留下的印象了，她面色红润了许多，低着头不敢抬眼地轻声问："那什么……你怎么不吃啊……"话虽这么说，桌上剩下的也不多了。

"我不饿。"东方劫抿一口酒，眼尾含笑地看着她。

既然已经"周到有礼"地关心过同桌人——她秉着不浪费一粒米一叶菜的人生信条——人家不吃，她就不客气地替他吃了。

喝下碗里最后一口汤，她闭上眼舒服地长出口气，再睁开看到对面的东方劫时，突然间被一种不知道说些什么好的窘迫感当头一击。她瞪眼抿嘴地与他沉默对视了一阵后，才终于从混乱的脑子里拧出一句话来吞吞吐吐地说："对不起……我……没带钱……"

手肘压在桌面上端着酒杯的东方劫顿时静止了全部肌肉线条的动作，然后"噗！"的一声没憋住，"哈哈哈哈！"地仰面大笑起来。

琴无琴双手握拳放在桌上，耸着肩膀羞得满脸红晕地看着放肆大笑的东方劫。

他果然就是在庶红山下遇到的那个黑衣男人，这狂放无边的笑声就是明证。

她趁他忙着止住笑意的这会儿工夫，细细将他端详，无论他穿白服或是黑装看起来都像一头皮毛蓬松油亮、身形流畅又四肢矫健，不怒自威的狼王。他眉目五官清晰凛冽，静止不动时好像石雕木刻，一旦笑起来，犹如打翻在宣纸上的墨汁，神来之笔地形成一幅生动霸气的泼墨山水图。

东方劫终于笑够了，他以手背垫着下巴冲她一挑眉道："本王有钱——"

"太好了……"

琴无琴这口气才松到一半，他重又端起酒杯对她把后半句说完："把我伺候得舒服了就行。"

"咦？"

东方劫冲桌面上的蓝白花瓷的细腰酒瓶子抬抬下巴说："斟酒。"

算是明白过来他在耍自己了，但琴无琴这会儿已经下不来台，吃人嘴软拿人手短，她涨红的脸也不再是因为害羞了，她怒冲冲地拿起酒壶帮东方劫斟满酒后"啪！"的一声放到眼前说："快喝！喝完再倒。不然你直接拿壶对着喝，省事儿。"

　　"你这伺候人的功夫不行啊，不是曾经的名楼头牌吗？"东方劫作势长吁短叹地摇摇头，侧过身子冲她拍了拍结实的大腿说，"坐这儿。"

　　琴无琴刚褪下红潮的耳朵又充血了，她瞪着他，有种千言万语不知如何出口的感觉。

　　"不愿意啊？那你试试冲掌柜的抛个媚眼让他免了你这一顿吧。"

　　琴无琴无声地垂下头，一会儿皱眉一会儿咂嘴地似在认真考虑他的提议可行不可行。

　　东方劫家底虽不至于富可敌国但也绝对富甲一方，他从腰上随便摘下一块玉坠子就能买下这一条街的铺子，怎可能去计较一顿饭钱，但既然眼前有个小傻瓜把蠢话递到跟前，他不趁此玩弄欺负一番就太浪费了。

　　他欣赏够了琴无琴内心挣扎的模样，似清风般微笑地给出了最后一击，"怎么了？在马上的时候不是抱得宁死不撒手的吗？应该挺喜欢啊。"

　　"你欺人太甚！"琴无琴拍桌站起来。

　　"哦？"东方劫垂眼喝了口酒后又慢悠悠抬起眼，放下酒杯，以身体后倾的动作表示：说说看？

　　她又哑言了。

　　她总是会为他的一些细微动作和随便一句话感到慌乱无措，像是找不到出路的蚂蚁被一根手指玩弄着，并没有遇到难解的迷宫，却狼狈不堪地原地转着圈。

【三】

　　从琴无琴进门那一刻，酒楼里男男女女们的视线就都被引了过去，只不过他们眼底燃烧的热情不尽相同，一是觊觎，一是嫉妒。而当他们看到东方劫时，男人和女人们眼神中的情感又颠倒过来，只不过，女人再喜欢也只能收敛、含蓄地偷偷多看几眼。

男人就无所谓面子了，尤其是几个一桌吃肉喝酒有点痞相的公子哥，见到琴无琴与东方劫争吵，觉得机会来了便一窝蜂围了上去。

这家装潢繁复贵气的三层酒楼并非人人消费得起的街边小馆，所以这四人想必家境不错，其中一个穿着长马甲的就是领头人，他故意正眼也不瞧一眼东方劫，却对琴无琴说话还算客气，"这位姑娘，你是不是被欺负了？要不要哥哥们帮你出头啊？"

在西鳞楼里也算见识过各色男人的琴无琴当然知道来者不怀好意，她斜睨一眼低声哼道："滚开。"

被琴无琴这么一瞪，几个男人更是来劲了，马甲男心醉神迷地由衷赞叹："妹妹生气的样子真是美，哥哥愿意看上一整天……"说着，就抬手要去摸她的脸。

这时东方劫有了动作，他发劲猛地一拍桌面，一双尖头朝上搁在筷架上的木筷"嗖"地飞了出去，穿透了男人的手掌，事发迅猛，对方竟没有反应，他见琴无琴震惊地睁大眼看着自己的手掌，才低眼一看。

一声惨叫引发了混乱局面。

与伤者一伙的男人们旋即凶神恶煞地扑向东方劫，又哪里是他对手。

眼看着东方劫依旧坐在椅子上并不回击，而是左右躲闪着挥来的拳头，并以并拢的食指无名指轻轻按在来者的手臂胳膊上，借力使力地拨甩过去，使得左面挥来的拳头打在右面同伙的脸上，最终形成一片自己人打自己人的场面。

"你不要欺负弱小！"琴无琴看不下去了。

她伸手过来要救场，她刚抓住其中一个男人的后衣领想从东方劫的魔爪里拖出来，却不料自己武功不济，也成为了东方劫手中的"提线木偶"一员。

见她入了自己的"场子"想搅局，东方劫邪笑着猛地起身，一把抓住本要被琴无琴扔出去的男人手臂扯过来一甩，使得男人原地转了个圈，拳头抡圆了朝琴无琴飞了过去。

琴无琴当然不会承受这凭空一击，她立即俯身，却叫身后手里还插着双筷子的男人左眼中了招，又一声"嗷！"的惨叫。

"你这魔王！"无辜成了魔王打手的琴无琴生气地叫嚣着，动起了真格地运气朝东方劫劈掌而去，"叫你住手！"

兴致大好的东方劫一手背在身后，一手利用周身四个成年男子做盾牌接下了琴无琴的全部招式，一时间"呜！""哇！""啊！"的哭叫声夹在"噼噼啪啪"的碟碗碰撞声中不绝于耳，一直挨打的他们早已不再恋战想逃，却总是刚迈出远点儿的步伐，就被东方劫轻轻松松地揪回来继续挨打。

半天没碰到东方劫的琴无琴越打越急，手中力气就更下得狠，几个已经鼻青脸肿的男人叫苦不迭，他们哪里想得到这么个娇小柔弱的美人儿竟是个孔武有力的蛮女呢！

琴无琴气得使出了激将法，跺脚叫道："东方劫！你不是好汉，只晓得躲在人墙后头，有种你接我几招！"

"嗯？本王的名字是你能叫的吗？"东方劫不悦皱眉，似乎被她挑衅成功，不再玩你来我挡的游戏，将四个大男人一一扔向她，被琴无琴一掌一个拍出老远。

这伙倒霉的家伙四散落在地面动也不动，他们是想逃却没了力气，只剩躺在那里如丧家犬般哀鸣的劲儿了。

至于其他的食客要么怕被殃及池鱼从大门逃了出去，要么纷纷跑到了二楼三楼，从高处叽叽喳喳地看着热闹，只可怜店家的人必须躲在柜台后面不住哀求呐喊：“别打啦！别打啦！姑爷祖宗大小姐！”

终于与东方劫一对一的琴无琴双手抓起眼前沉重木桌的边缘，“哼！”的一声举起来朝他冷不防地扔过去，却被他侧身一闪伸手"啪"的一声按住桌面压回地面，整个身体再漂亮地原地一转坐了上去，跷着二郎腿悠闲地看着她。

感到自己被看不起的琴无琴急躁地又抓起一张桌子砸过去，结果竟被他杂耍般轻巧地接住冲力十足的桌腿朝后一扔的同时翻身飞起，当第二张桌子歪歪斜斜地落在第一张桌上时，他修长身体轻盈地落在桌面上，就这么如履平地地站在两张桌上居高临下地望着琴无琴。

“好！你要玩是吧！老娘跟你玩儿！”琴无琴气鼓鼓地捋起袖子要大干一场，她以闪电般的速度满场飞着将一张张木桌唰唰唰地扔向东方劫。

实力深不可测的东方劫面对铺天盖地飞过来的桌子只觉好笑地一一化解，最后琴无琴扔完了，他也来到了与三楼正呆若木鸡的人们视线齐平的高度，脚下是落得并不整齐的一堆桌子。

喘着气的琴无琴要辛苦地仰着脖子才看得见东方劫正俯瞰自己的脸，她感到不可置信，有些桌子只有一条桌腿歪歪地斜插“塔”中，以至于整座临时搭起的斜塔摇摇晃晃，可是他以单脚脚尖立在最高处桌面朝下的一条桌腿上，竟然稳稳当当得像能就那么屹立一百年不动摇似的。

人外有人，天外有天。意识到这一点的琴无琴只想借他在高处的机会脚底开溜，她作势要朝门外跑时仍不忘指着他虚张声势地喊上两句为自己挽回面子，“算你厉害！来日再战！”

刚要撤退就听到身后一声轰响，忍不住回头，原来是东方劫运气一跺脚使得整座桌子垒起的塔从塔尖开始分崩离析，最后碎成一块块一截截的木屑和木头。

在扑面飞来的残渣中，琴无琴不由自主地闭上了眼，等她再睁开，他已经若无其事地站到她眼前。

"我……"她逃跑不成，只得英勇就义般挺胸昂头，"东方劫！我不怕你。"

"又直呼本王姓名。"

见他眼底寒光闪过，知道了他有多强的琴无琴后背寒意陡升，但她还是面上强作不惧神色道："干吗？叫了你东方劫怎么了？名字不就是用来叫的吗？叫你两声难不成也要叫我付钱？东方劫！东——"

他以唇封住她口舌。

感到手里搂着的身体一瞬僵硬，知道她终于老实了的东方劫放开她，看着她僵住的神色很是认真又有些头疼地说："也不是不让你叫。"他以手勾起她的下巴，意有所指地坏笑了，"但我更想在别的场合听你在我耳边叫。"

这时酒楼门外传来由远及近的奔跑声，东方劫和琴无琴都听见隐约有人在喊："兵爷来了！"

于是东方劫也不再与琴无琴多废话，他一手搂住还没回魂的她，大步朝柜台走去然后朝躲在里面瑟瑟发抖的伙计扔去一个纯金元宝，顺手提起桌面上放的一列供客人带走的以绳子绕着腰身串起的葫芦状酒瓶后，带着一边叮当作响的酒葫芦一边闷不吭声的琴无琴径直走向马厩。

黑马已经认可了东方劫这个新主人，正埋头吃草呢抬眼见了他亲热地吁了一声，它后背上的马鞍子与它庞大体积很是般配地硬挺宽阔，两侧垂下的挂钩和小篓能放不少东西，琴无琴用布与皮带包裹捆绑的琴就挂在上面，这会儿东方劫又将一串酒瓶挂上去。

琴无琴看他忙完，接着翻身上马，低头看她道："随本王走吗？"

对于这个一向蛮横从来不问她意见，莫名其妙就强行带她出了皇城里的人，此刻竟然一反常态提出邀请而不是强迫——琴无琴大感意外，却见他神色中涌动着许多不容置疑的壮志雄心，忍不住心头一热，很有随他同去的冲动——她问："要去哪里？"

"天地之辽，山河之壮，莫不任我来去？"他俯身向她伸手摊掌，微微一笑，"且陪我去一究天下。"

她有预感，一旦今日随他去了，从他浑身散发的黑暗森冷的气息来看，恐怕命中从此日光骤减、风雨狂暴，往后的命运是旦夕祸福只能看天脸色，若是能随时脱身也罢，只是久而久之，被流沙侵蚀了心与眼之后，她或许就丧失了挣扎的能力，面对冷酷吞噬也只能甘之若饴。

明知他是个危险旋涡，她却还是着了魔般朝万劫不复的黑洞伸出了手。

【四】

在离开泉泾城之前，东方劫去一家门脸奢华专供富人定做服装的铺子里换了一身利落又低调的下摆绘有暗纹的修身黑衣。掌柜的亲自全程弯腰伺候，眉开眼笑地看他顺手拿了几件精工华美的女裙和鞋履，然后将账目记在东方府上，最后直送到门口。

然后东方劫又迅速去了一家兵器铺，挑了一把最好的长剑配以顶端尾端镶嵌纯金花样雕刻的花桐木剑鞘，佩在腰间走出来时，琴无琴看他的模样已经和当初在庶红山下见到的"淫贼"一个样儿了。

他见她坐在马上背光冲自己抿嘴憋笑，便仰头歪着肩膀，双手搭在腰间的剑柄上懒散地问她："你笑什么？"

这姿势德行简直就是昨日重现！琴无琴终于忍不住咧嘴豪气地笑了，"笑你这打扮看起来像山间大盗，又像锦衣夜行的采花贼。"

"哦？"东方劫歪头看她，竟不生气。因为她笑起来眉眼弯弯的，鼻梁微微皱起来，像是个没心没肺的小儿童，他身边极少有人会这样发自真心地笑得没羞没臊，却又这么明媚好看。

他翻身上马从身后伸出双手以抱住她的方式抓住马绳，在她耳边轻飘飘地说："还需我亲自去采么，花儿都是自动自觉地躺到本王怀里来。"

琴无琴的脑子转了一会儿才知道他或许在暗示自己，便默默地向前倾身抱住马脖子。

"哈哈！"东方劫爽朗一笑，猛地将她搂过来贴紧自己胸膛，单手一甩缰绳，"驾！"

黑马迎着落日残阳一路狂奔出了城门。

来到旷野郊外后，坐在马上的两人也没闲着无聊，既然周遭不再有车水马龙，东方劫索性教起琴无琴骑马来，他双手都撒了绳子任由她吱哇乱叫也不帮忙，只顾着哈哈大笑，留下一串回音在天地山谷之间。

【五】

入夜之后，他们来到一座矮山最高处干燥的平地，漫天星光低悬于头顶，像是天上每一颗璀璨珠宝都伸手可触。

被学骑马这件事折磨得腰酸背疼的琴无琴站在黑马身边，抱着它的硕大脑袋轻抚着它的鬃毛，气息幽幽地说："哎哟你可真是要了我老命了大宝贝儿，你说你长这四条大长腿你能别使劲儿换着蹬吗？你就不能走慢点儿？你看你姐姐我这两条腿走路不是挺好使的么……"边说着，她转头向正搭起木材准备篝火的东方劫问，"它叫什么名字？"

"是外国使者进贡的千里宝马，似乎叫呼雷赤雪神行豹。"

"好长的名字……真拗口。"想起花昭锦给大雕取的名字好歹还算简洁，琴无琴想给这呼什么雷什么雪取名儿的人也太没才华了。她看着黑马四条腿的小腿部分蹄子以上长着暗红色卷曲浓密的长毛，这使它跑起来时就像脚踏火红祥云似的，威武又绚烂，的确从外形来看就非同一般，是匹宝马，"姐姐给你取个好听又上口的名字吧……嗯……"

她绞尽脑汁地想起来，嘴中念念有词："云，红云……火烧云……火红，红毛，毛……"灵光一闪，她决定了，击掌叫道，"毛毛！"

正坐在升起的火堆前喝酒的东方劫差点没喷出来，他闭目皱眉以手捂着嘴憋红了耳朵，喉结上上下下蠕动了好几次才好不容易控制住了喉咙里的咳嗽。他转过身对琴无琴说了句话："你当心睡着的时候它一蹶子踢死你。"

"它很喜欢我给取的名字！"琴无琴拍拍马头，亲热地叫它，"乖毛毛，好毛毛。"

东方劫见了好笑，似要为毛毛报易名之仇地拍了拍自己身边的空地对她说："乖琴琴，好琴琴，过来。"

琴无琴抗拒地在原地站了一会儿，最后还是因为前不着村后不着店的，不过去也没地儿去地死了心地来到东方劫身边坐下。

"喝吗？"东方劫冲她晃了晃手中酒壶。

"我不爱喝酒。"

"到了夜里会冷的。"他从身边包袱里取出在城里铺子中拿的一块方正宽大的厚毛毯，将两人裹起来，用手把琴无琴往自己身边圈紧。

他看她脸蛋被火光映得红红像是透光的蛋壳，自然地低下头去凑近她泛着一层柔亮光芒的嘴唇，却被她双手一把按住胸口，惊恐地问："你又要咬我？"

"咬？"

"就……在酒楼里……你不是……"说"咬"不太恰当，但说"含着"又觉得哪里说不上来地怪，琴无琴咬咬嘴唇，不知道她这个动作更撩起了东方劫的兴趣。

"是吻。"他说着又压下来。

"你干吗吻我？"她坚持不懈地用手顶着他。

琴无琴第一次在西鳞楼里见到大厅中嬉笑打闹的客人和姑娘们之间亲嘴儿的画面时，她觉得奇怪，嘴贴嘴有什么好玩的？后来进了她房间的客人也是一靠上来就想亲她，把她恶心得不行。

后来冰雀告诉她，一个人想亲另一个人，是表示喜欢。

这就更叫琴无琴糊涂了，她见楼里的客人一会儿亲这个一会儿又亲那个，姑娘们也不生气，难道他们喜欢所有人吗？

冰雀说，这喜欢也分深浅的，有些人的喜欢非常廉价就像街边的小石子儿一样，但有些人的喜欢就像天下独一无二的宝石，他一生就只喜欢一个人。

既然东方劫亲了自己，琴无琴想，他是喜欢我吗？那是像石子儿一样还是宝石一样的喜欢呢？

东方劫轮廓太深，明亮的火光一路蔓延到他脸上被高挺的鼻梁截住，使得另一半脸藏在阴影中，狭长的眸子在其中闪烁着夜行兽般的光点。他翘起的一边唇角折出了一道浅浅的笑沟，他一手握住琴无琴的下巴轻哼："吻了之后你就是我的东西了。"

他这副高高在上的态度让琴无琴有些不爽，她打开他的手却没再推开他，反倒双手抓住他的衣领将他朝自己拽过来，在他唇上轻咬一口后，见他有些惊讶，顿时得意起来，骄傲地宣布："那你现在是我的东西了！"

"呵呵。"东方劫垂眼笑的时候，睫毛和阴影混在了一起，再抬眼时，像是突然展开贝壳的珍珠。他压下来贴近她的唇说："就你这点三脚猫功夫，还不足以收服我。"

两人卷在毯子里倒在地上，这一次的吻很漫长。

起初琴无琴感到他的呼吸停留在自己的皮肤上有些微热和湿润，可是他身上散发出的却是被篝火烘干的干燥气息，这让她感到自己躺在厚厚的干草垛里和毛发蓬松的狼抱在一起，踏实又暖和。但没多久，这匹比人还大个的狼就醒了，他翻身把她压在下面，不再像温顺的大狗，露出嗜血的凶狠面目。

琴无琴感到东方劫想吃了自己，他吻得越来越深，几乎要吞掉她最后一口气。

"呜嗯……"她艰难地呻吟着开始推他，手指抓着他胳膊处的衣料使劲儿往后拽，但他依旧固执地压着她，"……"没有经验的琴无琴感觉自己快没呼吸了，身上的东方劫好像是一片从天空中压下来的深海。

要死。她以为自己要溺死了。

她像抓着救命稻草般使劲儿掐着东方劫的胳膊，终于使他放开了她，他舔了舔因为充血而鲜红的嘴唇眯眼问她："你是第一次？"

又露出这种好像在看小孩的眼神！琴无琴红了脖子喘着气，想起自己好歹跟冰雀和花昭锦都嘴贴过嘴，也算不上没经验，便梗着脖子道："谁说的！"

"想也是，你曾经可是花魁。"东方劫边动手要脱她的衣服边理所当然地说，"我们继续吧。"

"你干什么——"琴无琴的尖叫像一颗从地面腾起的流星直冲向天际划出一道长长的痕迹。

如果不是他抓着她的手，琴无琴早已像被利箭从耳边穿过的小鹿般惊慌地跳出好远。东方劫耐心地等她平静下来后，坐起来问："有什么大惊小怪的？"

"从来没人碰过我——"她还在气喘吁吁，"我……我衣服里面的……"她说不下去了。

"那真是奇了。你以前在西鳞楼内怎么待客的？"东方劫一手托着下巴似乎半认真半玩笑地挑眉道，"莫非你有什么独特的本事？"

"我的本事就是叫他们进了门就不省人事！"琴无琴亮出拳头，恶狠狠地说，"你要试试？"

东方劫想象了一下客人进门，遭到琴无琴迎面一击的画面，觉得很在情理之中。

他又忍不住大笑起来。"你啊你……你啊你！"他笑得太厉害，所以手指摇晃地指着她，说了半天"你啊你"就是没说出个所以然来。

最后他凝视着她，竟露出了有些犹疑、疲惫又伤感的复杂表情叹了一声："你啊。"

虽然只是一瞬，琴无琴好像见到了强势的东方劫示弱的一瞬间，这使得她刚竖起铜墙立起铁壁的身心都立刻变得柔软。

他重又侧身躺下，冲她拍拍身边，见她不动，他柔声道："不碰你。"

他难得一见的温柔让她觉得莫名地伤感，她还是愿意他时刻嚣张跋扈。

待琴无琴躺倒下来，东方劫伸手将她的头枕在自己弯曲的胳膊上，然后手掌托着自己的脸笑吟吟地看她，又恢复了那副游戏人间的不正经态度。

"你……"琴无琴为他对自己的这些举止感到迷惑难解——因为他可是某人的未来夫君——直肠直肚的她心里存不住事儿地忍不住问他，"喜欢秦慕遥？"

这名字一出，东方劫的脸立即冷若冰霜。

答案看来很明显。琴无琴豁出去了不怕死地追问："可是你与她有婚约？"

东方劫以御王爷的口吻一字一顿地说："非我所愿。"

【六】

东方劫的父亲东方辰和秦慕遥的父亲秦许功是结拜兄弟，因为东方家和秦家世代交好，所以从小往来，一起戴过长命锁的男孩子，长大后上同一家学堂、和同一伙人打架，自然而然地就熟悉亲密起来，直到他们喜欢上了同一个姑娘怀思筠。

东方辰玉树临风，秦许功淑人君子，一个是贵族世家，一个是家财万贯，都是年轻女孩甚至已婚的和守寡的女人们的梦中情人。

怀思筠是他们两兄弟所读学堂的老师之幺女，虽然出身于家境尚且不错的书香门第，但与自己的这两位追求者的家世一比较就显得门不当户不对的，所以最初，她很是惶恐地躲闪拒绝以避嫌，再则她也算是与东方辰和秦许功青梅竹马、感情深厚，她不想因为自身破坏了他们兄弟情谊。

但是两个无可挑剔的男人锲而不舍的追求最终还是攻克了她的芳心，毕竟原本她就对他们颇有好感，最终的问题就是，对谁喜爱更多。风流成性的东方辰比老实内向的秦许功多的是对付女孩儿的讨喜手段，所以虽然中间三人几度经历相互伤害、决裂、和好的惊心曲折，最终还是东方辰抱得美人归。

在怀思筠的劝说下，东方辰与她一起向秦许功"请罪"，到底是善良敦厚的他原谅了这两个自己最好的朋友，三人又重新回到把酒言欢的关系，并郑重为将来两家尚未出生的孩子早早地订下了不容动摇的娃娃亲。

东方辰算不上一个专情的人，即使已经和怀思筠成亲，他的风流账依旧理不清、剪不断，但她却是他这辈子挚爱唯一恨不能宠上天的女人，所以当她因为难产死去时，他伤心欲绝到盲目迁怒于自己的亲生骨肉，若不是有人阻拦，他甚至已经把襁褓中的婴儿摔死在地。

怀思筠死后，他再未续弦，有些与他一夜风流的女人以生下他的孩子为筹码想博得他一分关注，结果他却只是打发得些钱财后单单把孩子领回东方家抚养而已，于是便有了东方祈嵘与东方焕。

至于东方劫，直到他三岁时，东方辰才为他取了名字。这个从来都只被父亲记恨、无视，一直被以"孽子"称呼的长子，因为越来越有母亲的形神才开始被东方辰正眼相待。

这时候东方辰才意识到从未见过这个小儿哭泣，他人小鬼大，总是一副冷漠神色，在他还被人双手抱在怀里时，他无故生恨去掐他打他，他就以干巴巴的凶狠眼神瞪着他，像一头早已失去双亲而孤独求生的幼狼。

他有时竟会害怕自己的这个长子，越是怕越是严苛待他，当他以各种理由体罚他时，孩子的阴狠冷眼总使他陡然生出许多不可名状的不祥预兆。自己的爱妻因他而死或许只是一个开端，这孩子将会为自己甚至整个东方家带来接二连三更为混乱庞大的劫数。

【七】

天亮后，琴无琴和东方劫一前一后骑上毛毛又开始赶路。离开了青山秀水的城墙郊外后他们来到了荒无人烟的沼泽地，大片苔藓覆盖间一道道弯弯曲曲不知深浅的水沟好像暴露的陷阱，毛毛小心地行走其上，一蹄一蹄地落得谨慎。

晴空万里下这一望无际、杂草丛生的沼泽地因光线明亮而显得不怎么狰狞，甚至有些干干净净、亮晶晶的，反倒是琴无琴的心里湿漉漉一片，更像是阴暗潮乎的灰蒙蒙烂泥地。

父亲恨我，所以为我取名东方劫。

她非常在意他说的这句话，冥思苦想了一番她昂起头以头顶轻撞他胸口说：“我想了想，我给你改个名字吧。”

“多谢你的好意……”东方劫低头看她道，“本王暂时不想改叫东东或劫劫。”——虽然意在取笑琴无琴给毛毛取的名字——但举例完了后他自己都不太笑得出来了。

“东东、劫劫的确挺朗朗上口的，但你一个大男人不太适合再叫这种乳名了吧。”

她认真的态度叫他无言以对。

“离劫。”琴无琴脱口而出。

竟然这么正常。东方劫准备了一番本想等她一出口就嘲笑的话语，这会儿无从出口了。

她见他不作声，用头顶又撞了他几下问：“怎么样？多叫你几次你就习惯了。”说完她向前倾身拍一拍马脖子亲热地唤它，“是不是，毛毛？”

毛毛竟然吁了一声作出了回应。

东方劫冷冷地说："你就算管它叫'驴肉火烧'，它也会应你的。"

"离劫！离劫？"琴无琴不轻言放弃地用手肘撞他的胸口，"喂，东方离劫，我叫你呢。"

东方劫以吻叫她住嘴。

"别忘了，吻过后就是我的东西，你该叫我主人。"他松开她道。

"那你吻过秦慕遥没有？"琴无琴不依不饶。

昨夜提起这个名字后，到现在东方劫的脸色都不太好看，对于她的问题，他不置可否。

"说来我也吻了你，等于是跟她抢了东西，这样不好。"琴无琴自顾自地说，"如果有机会见到她，我一定要向她赔不是，再——"她向后倒去枕着东方劫，语气自在又正气十足地宣布，"请她把你让给我。"她扬起脸冲他粲然一笑地补充，"我会向她保证好好疼你，不离不弃。"

本想为她前半句生气的东方劫听了她理直气壮的后半句，一怔，一笑，又一愁。

吻了几次而已，这就以为他们是比翼双飞的关系了？他从未接触过如她这样直来直往的少女，大声笑大口吃大声骂大方爱，也不知她是纯还是蠢，竟叫他东方劫有些不知如何应付。

他抬眼看着远方，白底扎染着湖蓝色的天幕中有四五朵团状松散的云，慢腾腾地随风静静飘移，真是云悠悠，风也悠悠。

天高地远，人生短，路漫漫。

比起远去的曾经，遥远的将来，只有怀里搂着的娇俏人儿是真实可触的存在。

这一刻，他摸了摸腰间的酒壶，悠悠之间竟忘了自己是东方劫，唯愿长醉不醒。

"只是她现在生死未卜。更何况，无论是自行离家出走还是遭到歹人囚禁，即使有朝一日她返回家去……却已是一片废墟。"琴无琴明朗的语气暗淡下来，她肃穆起誓，"秦家对我有恩，只要我逮到了作恶凶手，一定不会轻饶了他！"

她的话把东方劫从一片空明澄澈的虚妄幻境中拉回现实。

"你会帮我吗？瞧我这话多得，毕竟秦家人和东方家关系这么好。"

"那是自然。"东方劫阴森一笑，猛力一甩马绳，策马扬蹄。

第十章

容尘

【一】

这片沼泽地竟走了两天才穿过去，期间下了一场暴雨，琴无琴与东方劫倒是因此浑身上下冲得干干净净，只是视野里立刻乌七八糟烂泥一片。

他们找到一处荒废的屋子避雨，东方劫点起火堆，架起支架把上身衣服脱了烘干，琴无琴不是民间人家中长大，所以她哪里懂得女孩子的那些非礼勿视的规矩，就双眼直勾勾盯着他两块平整壮硕的胸肌和八块匀称的腹肌，还有他腰上的一块旧疤——

她记得那是她为他上过药的伤口。

不知道他是否还记得那一天？她刚想开口问，他就叫她也把衣服脱了烘干。

不等她尖叫想得美！他已经将外套展开来搭在木头架子上做了临时的遮挡

屏风，然后将毛毯递与她后就自己去了另一头，似乎并不想占她便宜。

琴无琴早已发现于马上谈话后他就开始故意冷淡自己，她不晓得她又哪里得罪了他，反正东方劫就是个喜怒无常的人，她也赌气不理他，裸身裹着毯子躺倒。

从来在任何环境合眼就睡的她竟失眠了，外面大雨倾盆，她无声地辗转反侧。

前一日还有说有笑的一男一女，如今独处一室却各自心事重重，沉默以对。

这之后又是一天过去，东方劫变本加厉地无视起她来，在吃饭时，任她一人吃着干粮，他远远坐在岩石上望着天边飞过的大雁喝酒。

"东方劫！"从来没一口气憋过这么久的琴无琴觉得自己再多憋一会儿就要背过气去了，她威风凛凛地站到他面前一把夺过他手中酒壶，猛灌一口后弯腰"哈"了一声，红了脸叉着腰地质问，"我忍不下去了，到底是我哪只脚踩到了你的尾巴你就不能吱一声喊疼告诉我吗？"

他见她在风中乌黑长发鲜红长裙骄傲飞扬的模样，实在是美，所以她即使横眉怒目一身勃发的怒气却丝毫也不慑人。

"你这是发什么疯呢？"他微笑着从她手中拿回酒壶。

"那你生什么气呢？"

"没生气。"

"那你不看我也不跟我说话。"

"原来是寂寞了。"东方劫喝一口酒，站起来，以手将她被风吹乱的发丝拨到耳后，"你是希望本王一刻不停地瞧着你，哄着你么？"

又被他拿话绕了！琴无琴急道："你就嘴厉害！"

东方劫煞有介事地点点头，很是认可地说："嗯……既是切身体会者的赞美，那想必是肺腑之言了。"接着，他做出恍然大悟状一手握住琴无琴的腰，眯眼看她坏笑起来，"我说你气什么呢，原来是这么回事儿。"他低下头，"其实你大可以主动一点儿来索吻啊。"

她被他绕晕了，这时候才吃他这套那多输人输阵。她一拳将他打开，喝道："去你的！"

见她转身要走，东方劫抓住她手臂迫使她原地转了半圈又回到自己怀里，他仰起脖子将酒壶中剩余的酒都含在嘴中，然后俯身全数嘴对嘴喂给了毫无防备的琴无琴。接着他把酒壶随手砸碎在地，从腰带里抽出一块红色半透明薄纱头巾，戴在她头上以遮住她面容。

她问："你做什么？"

他的一只手掌能轻而易举地捧住她的脸，他惆怅地看着她道："你真是一件美丽的礼物。"

琴无琴就以这副装扮被东方劫抱上马，他飞身上来后望着有袅袅黑白灰色混杂的烟雾升起的远方说："我们快到了。"

"哪儿？"琴无琴打着酒嗝，现在她还清醒，等酒劲上来就不一定了。

"战地。"

东方劫要去的是驻扎在国境边以防守南雕国来犯的军营，这就是为什么他们一路上见到许多无人居住的废屋，都是怕被战火波及而远走他乡的民家弃所。

【二】

当东方劫骑马来到杜宏飞的军营栅栏外时，琴无琴已经处于迷迷糊糊的状态，如果不是背后有他靠着，摇摇晃晃的身子根本坐不稳。

因为来人是单枪匹马从本国内方向过来，所以镇守的卫兵并没有过度反应，等东方劫近了以后，他们才端起长枪指着马头高声喝问："来者何人？报上名来！"

"去报告杜将军，说他的夫人思君心切，连夜赶来只求匆匆一面解相思。"

东方劫说完，将一件他从云秀蓉耳朵上摘下来的蓝宝石耳环掷给领队的。

队长看一眼手中价值不菲的饰物，再看一眼马上的确坐着一位风姿绰约的女子，他想若真是将军夫人那可得罪不起，便口气客气地说："请稍等片刻，我这就去请示将军！"

近来无战事，正在帐中与一众将领饮酒取乐的杜宏飞见了云秀蓉的耳饰确是一眼就认出来，这是当初刚成亲时，他托首饰商人找来的一件罕见物，她喜欢得不行，凡重视的场合总戴着的。

他寻思，这婆娘在我离家之后连一封家书都未曾来过，怎的会突然不顾路途遥遥，特赶来她最恨的脏兮兮灰扑扑的军营里来见我？莫不是我的萱儿出事了？他站起身边朝帐外走边道："快快去请夫人进来！"

"是！"原来真是将军的夫人。小队长庆幸自己没有口出狂言得罪了人，忙惶恐地退下了。

穿着简易铠甲的杜宏飞没有佩剑，他双手抱在胸前焦虑地以脚点着地面，直等到牵着黑马过来的东方劫，他惊讶地指着他，"怎么是你？东——"

在他叫出自己全名前，东方劫双手抱拳有礼地打断他的话道："杜大将军好，在下为您把夫人安全送达了。"

"夫人？"他目光顺着他牵着马绳的手臂往上看见一个瘦弱娇小以红纱遮面的女子，单是从体型看就不会是云秀蓉。正摸不着头脑地想问东方劫这是演的哪一出时，他还未收回的视线见到一阵轻风撩开了半面薄纱，得了半分空暇瞧见了红衣少女的容貌。

他情不自禁地低叹了一声，"老天爷……"

骏马上斜身软坐的少女绝美明艳得好似火中诞生的妖精，她双眼低垂，神色迷蒙无力，却又充满了对眼下一切不屑一顾的冷傲漠视，真是又冷又媚，天上极品。

东方劫知道这老匹夫上钩了，他将已经昏沉沉的琴无琴从马上抱下来时，年事已高的杜宏飞立即一步抢上来——因为常年征战、锻炼，所以他依旧与精壮小伙无异——从东方劫怀里抱起柔若无骨的少女，红光满面地笑道："让我来。"

他急不可待要进帐中向属下们炫耀这颗珍宝，头也不回地邀请东方劫，"我们正在商讨下一步作战计划，正有许多好酒好菜，这时刻想必你还未吃晚饭吧，快进来与我们共享！"

等他们步入宽敞军帐时，其他人见了气度不凡的东方劫还以为是官里来视察的大人物，纷纷站起来以眼神询问将军这位是什么高官贵人。

正在杜宏飞迟疑要如何介绍时，东方劫抢先为他解了难题，他握拳对在场人欠身道："诸位官爷，在下只是一名为镖局服务的雇佣刀客，路经此地时遇见了一位似乎迷路的少女，见她浑身酒气神志不清，恐怕是之前遭遇了什么意外。这附近没有民家，又有马贼土匪出没，在下身负要务实在无力为她安置，只好求助于宅心仁厚的杜大将军。"

众人闻言见他身上确有江湖剑客的气质，腰间宝剑更证实了他的身份，便毫不疑心地认可了，又浑身松散地重新落座，汉子们吵吵嚷嚷的声音重又响起，直到他们见到杜宏飞入座后，摘下了迷路少女的面纱，顿时嘈杂声如风吹沙走般散了干净，只剩一片长长短短的呼吸声。

"这位小仙子叫什么名字呀？"杜宏飞坐在地毯上双手像牢笼般圈紧了琴无琴，大胡子粗嗓门的他很是滑稽地好像哄小孩子般轻言细语地笑嘻嘻问她："你饿不饿？想吃点什么？你要什么老夫立即叫人去做来，好不好？"

眼前景象朦胧的琴无琴无言地环视一圈后才终于找到了声音来源，狠狠瞪了他一眼。

"好好好，小仙子醉了，不高兴说话是不是？"杜宏飞不但不生气更是心花怒放，他边哄她边要动手动脚，"你是不是肚子不舒服呀，要不要帮你揉一揉？"

琴无琴嘴里喃喃着"你谁啊……你走开……"双手推他，因为使不上力，柔柔软软的样子反倒叫杜宏飞更是欲火焚身。

他甚至不顾自己大将身份就一手托起琴无琴的小脸，嘴中淫言秽语起来，"哎呀呀小仙子的声音真好听——"他用拇指轻揉她红润柔亮的唇，咽下口水，"你这嘴中含着的一定是长生仙露，老夫定要尝上一尝，说不定就年轻个十七八岁的。"

目睹这一幕的下属们眼看着这么娇美的仙女就要被能做她爷爷的老男人给糟蹋了，心中难免腹诽：老不羞。真恶心。

亲自把琴无琴送入虎穴的东方劫也看不下去，眼前好酒一口也喝不下，他放下酒杯，强作笑容地站起身来道："在下还有要务在身，就不多作陪了，多谢杜将军款待。"

"好好，你旅途劳顿就先在营地里住上一夜再走吧！"杜宏飞心想，这御王爷东方劫不好好待在城里享福，特地向我夫人借了"通行"物什，隐姓埋名地大老远给我送这么一个天仙来，必是有事相求！明日再找他问个清楚，若是棘手难办之事也等老夫先尝过这口鲜后再拒绝了他也没损失。

等东方劫前脚刚出门，他就虎着脸冲麾下吼道："你们吃吃喝喝得也差不多了，还不退下早早休息！养精蓄锐！时刻戒备！"

下属们自然知道——平时营地里别说女人了就是一个老妪身影都极为少见，如今有这么个大美人儿投怀送抱——他们宝刀未老的将军，此刻还不如饥似渴得堪比饿虎凶狼？纷纷知趣地匆忙离去，也交代了周围守备的卫兵们走远一点儿，别扫了大人的兴致。

【三】

琴无琴虽然已经醉得分不清东南西北了，但她残留的意识却隐隐知道东方劫置她于危险境地不顾独自悄然离去，心中又急又气更是又痛又恨。

碍事的人都不在了，杜宏飞猴急地脱去铠甲上衣，赤裸着上身就压下来要剥琴无琴的衣裳，完全没了人前将军的样子，简直就是个老淫棍般嘬着嘴说："来来先让我亲一口，别躲，老夫活了这一辈子还从未见过小仙子如此这般美人，就算我家那婆娘正青春年华时也远不及你千分之一呀！"

若是平时，琴无琴哪里会受这样的委屈，她早已连踢带踹地要了他的老命，可是现在她只能由着他一手抓住自己的两只纤细手腕，一手胡乱在她身上揉起来。

"真香真软啊。"杜宏飞淫笑起来，伸长了舌头顺着她的脸和脖子舔下来。

绝望中的琴无琴眼里泛出了泪水，但墨色瞳仁也逐渐将眼白染黑，她被按住的双手指端长出了长长的指甲，她的理智正在渐行渐远。

正埋首忙碌的杜宏飞没见到她外形的变化，只察觉到她不再出声似乎已经放弃了挣扎，便得意地腾出一只手来脱了裤子。这时却听帐外传来"噗！噗！"两声和"啪！啪！"倒地声——杀过人的都听得出来那一声"噗！"是刀子没入皮肉再抽出来的声音——

即使色欲熏心，他也是个活在战地的军人，敏锐地捕捉到这一动静后，旋即转过身去，却见到东方劫就立于眼前——

而他手中带血的长剑就架在了他的脖子上。

"东……"他才吐出半个字，就被东方劫一脚猛力踢得滚到一边。

东方劫低头一看，此时琴无琴的异状已经恢复如常，她衣衫不整、满面是泪地仰躺在地，看起来虚弱狼狈，可是双眼却好似濒死的野兽盯着猎人般的眼神，痛苦又仇恨地瞪着他。

他突然感到胸口被人猛力推进了一把锋利的刀子，生平第一次知道了心如刀绞是什么滋味。

一丝不挂的杜宏飞屈辱地从地上爬起来，他不能叫人进来见到他明威大将军的这等模样，忍气吞声地指着东方劫低声咒骂："你他妈活腻了！你想干什么？"

"本王后悔了。"

"什么？你究竟想要什么——"

东方劫抬起头来，冷酷凶狠的脸孔从阴影中浮现，以剑指着杜宏飞问："你都用什么碰过她了？"

帐中烛火将他的影子拉得老长，忽明忽暗的脸色使他看起来与眼前满地杯盘狼藉和浓烈的酒香十分违和，仿佛不属于凡间而是由地府中来的厉鬼。

杜宏飞只是迫于他的气势而一时松懈，他竟已经来到眼前，在他张嘴刚要说话时，将一手如蛇般迅猛地探入他嘴中扯出舌头来发问："舌头吗？"

"呜？"杜宏飞后背一凉，只见他一挥剑尖，自己嘴中立即空空荡荡。

他垂下头，看见自己如泉涌出的血坠落在地，慌了心神地发出无声嘶叫："……"

"还是手？"东方劫话音再落，扔掉手中断舌的同时，一双手掌也在他一挥剑下落了地。

来不及感到疼痛的杜宏飞只因为眼下噩梦而惨叫："……"

东方劫的黑衣被飞溅鲜血染成了更深更饱含死亡气息的黑色，他此刻就像是主持审判的魔王，每多说一个字，被屠宰的杜宏飞就被夺走了更重要的东西。

他又冷冷地开口了："或是更肮脏的东西？"

又是毫不犹豫的干脆一剑。

"！！！"下体血肉模糊的杜宏飞应声倒地，他眼球凸出，口吐白沫，似乎就要这么活生生地痛死过去。

东方劫慢条斯理地在帐篷中找了一块质地厚实的麻布，等杜宏飞在地上滚了许久，他才终于边说着"你的好夫人在黄泉路上等你呢"边"仁慈"地砍下他的脑袋，结束了他的痛苦，最后将头颅以布包起来。

【四】

当晚因为杜宏飞帐篷附近只有两个已经被东方劫解决的守卫，所以没人知道他们的大将军已经惨死在里面。

东方劫抱着已经昏睡的琴无琴上了马，来到进来时的入口处，他似有意招摇般拍了拍马鞍下挂着的圆滚滚的包裹，对为他放行的那个队长道："将军真是慷慨，赏了我这么许多又请我送夫人回去。"说完，他从怀里掏出一锭金子扔给他，"大人的恩泽，也分你一些吧。"接着畅通无阻地出了门。

琴无琴从东方劫怀里醒来时天光已大亮，她因宿醉而头疼不已，身体四肢也乏力得很，却在感受到身后那熟悉的胸膛温度时暴怒弹开，不顾危险地翻身跃下马去，果然脚底趔趄摔坐在地。

好在为了不颠簸影响琴无琴睡眠，东方劫使毛毛缓慢踱步没有奔跑，所以琴无琴这么一跳也无大碍。但见她底盘摇晃地从地上爬起来，他还是忍不住心里一股苦涩滋味泛上来，面上却强作无事地问："你发噩梦了？"

"是！"琴无琴低头瞧了眼自己身上的衣服是否完整——

她这动作又叫他心脏好像蜕下一层皮去。

"你就是我的噩梦！"她重又抬起脸，冷冷地说，"现在我梦醒了。"

她看着他的眼神里不再有跃动的火苗，其中覆盖的是一层剧痛过后心死的薄冰。

过去每一日她总是冲自己笑得无知无畏，像个被偷了心的傻瓜。所以东方劫只记得她的笑容，妄自以为这个傻妞儿永远不会有忧伤表情——原来，她不笑的时候，不对自己笑的时候——

很痛啊。他抿紧嘴角，回忆自己是不是曾经心口部位受过伤，这会儿一抽一抽，很痛啊。

"你要去哪儿？"见她头也不回地朝前走，东方劫骑马跟上去。

"天大地大！以后你东方劫往南，我琴无琴绝对往北！从此以后有你在的地方，一里地之内也不会有我！"琴无琴长发飞扬，她的话语被风刮到东方劫眼前，像是连扇了他两大耳光。

从来没有女人胆敢对本王如此说话！亦从来没有女人竟会想从本王身边逃离！

在人前喜怒不形于色的东方劫竟会不能控制自己的狂怒，他暴喝一声"休想！"后就飞身下了马，从琴无琴身后将她一把转过来面冲自己，一手扣紧她双手背在她身后，压下身去脸贴脸地瞪着她，狠狠吐出两个字："你、敢。"

"有何不敢？你有种杀了我。"琴无琴正在气头上，平时像兔子面对狼的她，此刻竟然临危不惧。

东方劫没想到她对自己竟如此决绝，面上一瞬凄然，但又立刻阴沉下来，冷笑威胁，"你以为本王舍不得？"

"你当然舍得。你有什么舍不得？"

"你——"东方劫的话语从牙关间一丝丝挤出来，"我要杀了你，吃了你，如此你今生今世就是半步也离不开我。"

"呵呵。"昨日还是无知少女般明媚的琴无琴，这一刻竟似历经沧桑的女人般苦笑出来，她声如寒霜地唾弃他，"你要不怕吃了脏东西坏了你尊贵的身子，请便。"

东方劫一怔，原来她醉倒过去对昨晚发生的一切并不知情，他松开她的手，指着毛毛身上挂着的包袱说："那老东西未来得及玷污你就被本王削了脑袋。我说过，你是我的……"他语气逐渐温柔，小心地捏起她的手腕察看上面方才被他掐出的红色印记，和昨晚被杜宏飞抓出来的瘀青。

他轻吻，说出来的话变成潮湿雾气落在她的皮肤上，"你是我的女人。"

一个一个滚烫的字滴落在琴无琴才刚冻结还未封死的心上，砸出一个一个融化的洞来，她心软了，但忘不了他背离自己时那份刻骨铭心的绝望感。她说："我不会原谅你的。"

东方劫眼底流动着灰暗的雾霾，他意有所指地重复道："你不会原谅我的……"然后又像不死心般，双手捧着她的脸，以说情话似的神色说出叫琴无琴永生难忘的话来，"你最好恨我，以你一生来追杀我。"

她与他之间凄绝曲折的命运纠葛由此一语成谶。

【五】

东方劫说他要拿东莲将军杜宏飞的脑袋去南雕领赏。

"那不是我们的敌对国吗——你跟他们要钱？"在山里与世隔绝的琴无琴对家国仇恨不甚了解也没多大兴趣，所以她关注的问题只是东方劫有的是钱——他图什么？

"不要钱，我要兵。"他回答她，"既然东莲王不给我想要的，我就去跟别国皇帝要。"

"你想当将军？"琴无琴坐在马上不方便与他说话，所以别着脖子追问，"你要去南雕当将军？"

东方劫怕她别着筋，便像抓小猫一样捏住她的后脖子，迫使她的小脑袋转回去，慢悠悠地说："也不尽然，我想要的是——"

这时，山脚下的一列奇怪的队伍吸引了琴无琴的注意，她指着打断他问："那是什么？"

离开了杜宏飞的军营后，东方劫并没有返原路回东莲国内，而是绕远走山道试图穿过国境去南雕的国土，所以此刻他与琴无琴骑着毛毛正脚踏在所属国不明的土地上——即是平时东南兵戎相对的交战之地——

所以见到东莲人以外的外国人也不稀奇了。

东方劫立刻认出那些穿着特色鲜明的异国服饰的人来自何方。他说："那是南雕人……"

"可是挨打的那些是东莲……的女人！"琴无琴接话道。

二十多名衣衫褴褛的年轻女性皆被麻绳捆绑双手，脖子上的绳索将她们成一列长串的形式一个锁着一个，在左右骑在马上手持长鞭的壮汉监视下，脚步沉重地朝前行进。

即使面如菜色的她们步子已经迈得很大，男人们还是很不满意队伍速度，时不时挥下啪啪作响的鞭子抽在她们的身上，好像在赶羊群般无视她们的哭喊。

东方劫补充说："是人贩子。为避免在本国内惹起民愤，所以从别国防范疏忽的边境村落偷捕人口。如果遇到巡逻的东莲军队就完了，所以他们急着赶路。"

琴无琴急问："这些可怜的女人会被卖掉？"

"比起东莲国内自古以女神为尊、以女强则国强为本，南雕国内的女性在诸国之中地位最为卑微，穷人家出生的更是会被卖去富人家或军队里做性奴，但这般舍得亲生骨肉的还是少数，所以人贩子买卖女性的生意才会如此红火。"

"南雕这么恶心，你还要向他们低头示好？"琴无琴露出嫌恶的表情。

东方劫不悦地眯起眼，"并不是低头……"

"我们快去救她们——"她扯他袖子。

"不要冲动。他们人多势众，身上带着兵器又是受过专业训练的职业人贩，你就这么傻愣愣直面冲过去无异于飞蛾扑火。"

"难道就这么眼睁睁看她们被卖了？"

东方劫莫名其妙地看着琴无琴，像是她说了什么难以理解的话。他歪头问："这些陌生人与我何干？"

琴无琴以手肘狠命一击他的腹部以宣泄自己的不满，喝道："你不是人！"说完，她抽出他腰间的长剑就飞离马背而去。

不绕弯子的琴无琴连下山的路线也是笔直一条，她飞沙走石地冲下来，嘴中噼里啪啦地吼道："你们这些龟孙子王八蛋，在姐姐把你们一个个猪头切下来喂猪前，乖乖把人都放了就饶你们一条狗命！"

满面横肉的人贩头领见了形单影只的琴无琴，先是感到又惊又奇，确认了并未见到东莲军队身影，他狂笑道："又来一个娘们儿，还是个没十大箱黄金不换的大美人儿。"说完，也不解下腰间的狼牙棒，就大手一挥对十八个手下喝令，"兄弟们，拿下她，别伤着脸和身子！"

"原来你会说人话！"琴无琴飞身剑指他的眉心，"老娘还当你是哪儿跑出来的畜生呢！"

轻敌的领队眼见利剑逼到眼前才避之不及，如此被她划伤了脸跌落马下后，才意识到眼前女子并不寻常，有一定的身手。

被激怒的他于是咆哮着举起了还粘着血痂的狼牙棒，与琴无琴刀棒对砍起来。

惯用双拳腿脚迎敌的琴无琴哪里使得惯长剑，她只是一时激愤以为用剑更能速战速决，其实反倒拖累了她灵活的身手，结果渐渐就被这些凶残人贩团团围困，能活动的空间逐步缩小。

东方劫牵着马站在山头看在眼里，又回过脸看一眼人头包裹，叹了口气，"本王是几时落到如此田地的……"他将包裹从马鞍上摘下来，随手扔进了身后的草丛里，就听得它一路滚落了下去。他抽出腰间一把备用的短匕首，边不甘心地自语"竟被一个小女子牵着鼻子走"边飞下山去加入战斗。

他突围来到中心，与琴无琴交换了手中剑，冲她眨眨眼道："你不嫌沉？换把衬手的，然后滚到一边去替本王点数。"说完就抓起她扔出了敌圈。

因为东方劫使用的力道巧而准，所以琴无琴在空中翻了一圈后稳稳落地，她不满地又要杀回来，却见东方劫在敌群中长剑起舞，每一刺一击都直中要害，人贩子一个接一个应声倒地，果然琴无琴只剩下为他点数的作用。

东方劫虽然杀得痛快，但到底双拳难敌四手，何况他是以一剑对里里外外十九个壮汉，躺倒了半数之后。他与最难缠的彪悍领队正斗得无暇顾及时，遭到身后偷袭，好在他反应及时地回身结果了对方，只是在迅速返身时却被领队手里的狼牙棒划过了腰际。

"东方劫！"琴无琴见状心疼疾呼，终于还是重又杀了回来，替他解决后背空隙。

东方劫低头察看伤势，撕裂的衣服下只是不太打紧的皮肉伤，但他自视甚高，比起身上的血口他最不能忍受的是尊严受到挑衅。

他抬眼紧盯正得意狞笑的男人沉声恐吓："知道你所伤何人吗？"不等对方回答，他原地一旋手臂，使男人的头脱离了他粗壮的脖颈飞出去老高。

见到老大身首分家，其他拿钱办事的人也不再恋战，纷纷拖拉着受伤的同伙骑马逃远。

"你伤得重不重？"琴无琴扑来检查东方劫的伤势。

他将剑在尸体衣服上擦了擦，一手搭上她的肩，皱眉轻哼："剑上有毒……"

"什么？"她惊呼。

"你快替本王舔一舔……"

"应该是吸出来吧——"喊完话，她才从他的坏笑里回过神来，一把推开后将他晾在一边，走去替众姑娘松绑。

"这些银两你们拿着，而这些拿去防身。"琴无琴将从尸体身上搜刮来的钱财和小刀分与每个人说，"好在东莲国境就在眼前，你们快些离开这里，回家去吧。"

终于摆脱束缚的女人们却个个愁容满面地留在原地不愿散开，其中一个满身尘土却不掩清秀容貌的少女含泪颤抖地望着琴无琴，语气含恨地哭诉："恩人，我们都已经无家可回，无处可去。歹人杀光了我们的家人，抢掠了全部家当，吃光了粮食、屠宰了家禽……即便我们这些势单力薄的女人团结一心、重新来过，若再有坏人杀到，也再没人能保护我们了。"

琴无琴听了这些饱含血泪的话，知道不能就此放任不管。她想了想帮人帮到底，便对他们说："你们去玉岛吧，找冰雀，报上琴无琴的名字，请她收留你们。"

众人拭泪谢过，又坚持不顾琴无琴劝阻地非要磕了头才肯离去。

【六】

琴无琴和东方劫回到毛毛身边，牵着马来到有巨树遮阴的崖边。

她在地上铺好大毛毯，让东方劫坐在犹如一艘海上大船般轻轻摇摆的树影下，自己去毛毛身上的杂物包里翻找药物，注意到人头包袱不见了。

她边为他清洁伤口边问："你不去南雕了？"

东方劫态度模棱两可地颔首浅笑。

她边为他上药边犹豫地说："我并不是反对你去选择什么、争取什么，我只是……不想你成为一个坏人。"

"呵。"东方劫不知是被药粉灼伤了痛处还是有所感悟地长长叹了一声，他抬手轻碰她的脸，力度轻得好像在抚摸一件易碎的瓷器。他声线平稳地说："可我就是一个坏人。"

"是不是，由我说了算。"琴无琴将手中一块旧布撕成条状，开始动手为他包扎。

东方劫无言地盯着自己腰上缠得凌乱但又很紧实并且还系了个蝴蝶结这般独具一格的包扎方法，半晌才不敢相信地瞪眼看着琴无琴说："你……是你。竟是你……"

"什么我、我、我？"难得见他口吃，琴无琴有些认真担忧地问，"你舌头怎么了？"

"你是庶红山下救我一命的那个裸女？"

"裸……裸……裸裸——你个头啊！"这回轮到琴无琴口吃了，她像是屁股被蜇了一下地从地上弹起来，浑身皮肤发烫地指着他道，"你洗澡穿着衣服啊！"

"真是你！"

"你都看到了多少！你全看光了？"琴无琴羞愤得只想先杀了他再杀了自己，她边转身欲去取刀，边骂，"淫贼！你的确是坏人！"

"你急什么，我就看到了后背，谁的后背不长一个样儿？什么也没有。"东方劫抓住她的手腕，轻轻一拽就使她朝后一倒摔进自己怀里，他以食指轻轻从她额角滑到下巴，胸有成竹地说，"不过早看晚看，你迟早都要被我里里外外看光光的。"

"你——"

"别挣扎，我伤口疼。"他做作地求饶。

"疼死活该！"

琴无琴口头上虽强硬，但她的确怕弄疼他，所以只是稍稍反抗了一下，就被东方劫轻易制住，他一手搂着她的腰，一手抓着她的手，在如鱼群游弋的树影中，神色温柔如水地看着她缓缓地说话："原来是你……真是天注定啊，看来本王非得对你负责不可了。"

她从未见过他这样，像是卸下一身野性终与人亲近的狼，如在梦里。

他从她眉心一路吻到锁骨，呼吸一阵深一阵浅地含糊又霸道地问："可还记得我曾对你说过的话？若再给我见到你，非把你生吞活剥了不可。"

他的吻更往下探索。

本来并不抗拒的琴无琴感到他的手要脱自己衣服，忽然就如梦初醒般又扭着要挣开他，辩解道："我出了许多汗。"

东方劫无所谓地说："有什么关系？待会儿你会出更多汗。"

"不要！我没洗澡，我很脏。"她奋力推开他。

东方劫终于抬起眼来正视她，一板一眼地说："本王不嫌弃。"

"那你也很脏，我嫌弃。"琴无琴急了，不过脑子地硬扯了一个理由。

东方劫先是一怔，继而哈哈大笑，停止了手中动作。

笑完之后他端详琴无琴气鼓鼓的小脸，意识到恐怕杜宏飞那个老东西给她造成了不小阴影，一时又感到心疼又有些负疚。他后脑勺靠在树上，双手高举，歪着头冲她笑说："好好，若想叫我停下，就交出一个叫本王满意的吻。"

琴无琴没有动静，他就一直那么举着手。

清风无声地穿过他们之间，她赌气与他沉默对峙，就要看他能坚持多久，可他却一副稳操胜券的轻松模样对她邪恶浅笑，似是拿定了她不受胁迫也会自动自觉地将一切给他。

琴无琴被他笑得体内痒痒骚动，终于知道自己爱死了这个自大又狂妄的魔鬼。

她双手捧住他的脸，认栽地闭眼贴上去，而他享受了一会儿小猫舔水般的吻后，双手终于垂下来环抱着她，以自己的方式尽情索取、侵略，直到她浑身无力地躺倒在他臂弯里，他才依依不舍地饶了她。

他轻吻她被汗水濡湿的额头，指引她朝前方看，"你看看，美不美？"

湛蓝如洗又无边无际的天幕下是连绵起伏的雄伟峰峦，以海浪之势层层叠叠的巨大云层从其上轰轰烈烈却又无声无息地滚过，大片大片的阴影使得青色群山的巨大身躯上一片墨绿一片碧绿地轮换变化着，像是横卧的巨人在熟睡中动了动身体，无知无觉中彰显着它蓬勃不息、愈演愈烈的生命力。

东方劫抱着琴无琴，望着这恢宏的锦绣河山动情地说："无琴，我想要的东西可不简单，倒也不多，就是很大……"当成群的鸿鹄飞过天际时，他向她袒露野心——

"我想要的是这天下。"

第十一章

雪青

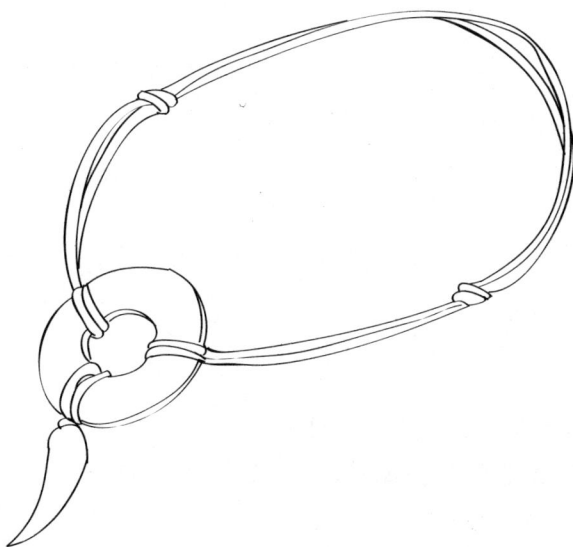

【一】

　　天色如烟，淅淅沥沥的小雨中，由一头毛驴拉着的四轮小木车正缓慢前行。坐在驾驶座上的百里玄荆举着伞，脸色比阴霾天气好不了几分，他时不时回过脸去看身后的布帘，猜想车里的冰雀是否在休息，这样潮湿的气候对她的伤口可没有好处。

　　他张了张口想问问她的情况，最后还是放弃地转过头来，在摇摇晃晃的视线中，盯着从伞檐边一颗颗坠落的雨珠发呆。

　　与琴无琴分道扬镳后，百里玄荆向冰雀承诺会一路护送她抵达玉岛。

　　这么多天以来的朝夕相处，并没能让俩人之间的关系变得更亲密一步，是因冰雀刻意对玄荆疏离，每当有必要对话，她该说"谢谢"时一次不落，不该说话时一个字不说，有礼、有距，一言一行、举手投足都在暗示玄荆：你与我之间，不过是一路同行的陌生人。

说到底——玄荆承认——我和她之间的确就是陌路人的关系。他回想这一切是如何发展至今，在那个银色圆月如盘高悬的静谧夜晚，玄荆第一次见到冰雀，那时的她已是个浑身是血的将死之人。

在琴无琴的恳求下，他倾尽毕生所学为她疗伤，使出浑身解数去延续这个初次见面的陌生少女苟延残喘的生命。

为替她止血、上药，玄荆顾不上男女授受不亲，在同样明白此刻救命要紧的琴无琴帮助下脱去冰雀的衣物时，他并未被她身上的致命创口所撼，而是震惊于这名肌肤柔嫩的少女后背上为何布满了蛛网般的旧伤。

当时已经红了眼的琴无琴，在见到这早已见过的旧伤时，还是没忍住哽咽地强忍着焦灼和悲痛对玄荆解释："她……吃过很多很多苦。"

只是一句话，玄荆几乎可以想见冰雀遭遇过的一切。

所以在他和琴无琴悉心照料下终于康复的冰雀，虽然煞白脸色重现红润，但她的表情却总是一副忧心忡忡的样子，亦未对玄荆表示多少感恩之心，成日话少又不见笑——他倒也不觉得恼，只当这很是理所当然——毕竟这世间欠她太多，能叫她感到开心的事又太少吧。

本是一面之缘的人，既已经救过人家的命，也算仁至义尽。玄荆也不懂，为什么当初不干脆地甩下她，一门心思专注于自己的使命去捕杀附身于琴无琴的狐妖即可呢？他又不欠她的！

或许是因为他见过她的笑。

冰雀全身心地信任琴无琴，只有和她在一起时，她才会放下浑身尖刺防备，展露出符合她年龄的纯真笑颜。像是黑夜中一瞬绽放的昙花，玄荆能清晰地看见二十多片洁白如雪的花瓣渐次急急地舒展开去，比任何一颗叫贪心人垂涎欲滴的夜明珠更光彩夺目、更纤尘不染，可是一旦琴无琴不在眼前，她的花冠便迅速闭合凋零，不再为任何人事所动。

昙花只是短暂一现，惊鸿一瞥后却叫人再忘不了。

他想将落了一地的零碎花瓣拾起来赋予新生，使这朵脆弱白花再不受苦、永不枯萎。

大约就是如此吧。玄荆想自己之所以放不下她，是因为她笑起来太美，却从不是为了他。

百里玄荆想成为这世间即使不是唯一，却也是能叫她开心使她笑的存在。

"咯噔"一声，玄荆摇摆的视野猛地倾斜，然后静止不动。他跳下木车去后方看见一个轮子陷在青黑烂泥里，他长长地叹了口气，倒不是为眼下这轻而易举就能解决的小麻烦，他自己也不清楚是为何叹气。

"百里公子，出什么事了？"冰雀的声音从车身侧面的小窗中传出来，她始终还是管他叫百里公子。

玄荆振作精神大声回应："没什么，外面正下着雨，地面都是泥，你坐在里面不要下来。"他一手仍举着伞，一手抓住木质车轮用力往上一提，不小心被一根凸出的木刺扎进了掌心，他禁不住轻叹一声"唉！"但下意识怕颠着冰雀，还是向前走两步后才稳稳放下轮子。

这时再察看，果然一根长刺埋进了他的皮肤中。

冰雀还是下了车，见他这副样子，问："手怎么了？让我看看。"她钻进他的伞下，抬手握住他摊开的手掌，"你受伤了。"

"不碍事的。"玄荆轻巧地笑笑。

她不说话，埋头很认真地用指甲小心地夹住木刺试图挑出来。

耳边只有断断续续好像细语的雨声，玄荆安静地垂头盯着冰雀的眉尾、睫毛、鼻梁到鼻尖和樱粉色小嘴。只有视线并不相交时，他才能这样仔细地瞧她，若是可以这么一直看着她不被她察觉，他是真希望手中的刺钻得更深些，最好一世都拔不出来。

终于把刺挑出来了，可是破皮处沁出了许多血，冰雀拿出一块浅青色手帕简单为玄荆缠上道："这么好看的手，希望别留下疤。"说完，她微微颔首，就回到了车里去。

玄荆在雨中看着自己手上的手绢，凉丝丝的，但不一会儿就被体温焐热了。他嘴角盛满笑意地想，原来自己要的这么少，这么简单。

知足者常乐。他心中轻快了许多，重新上了车，对身后车厢中的冰雀说："若是路线没错，我们就快到玉岛了。"
里面传来一声轻轻的，"嗯。"——然后是他意料之中的——"谢谢。"
他亦如往常般轻轻回复："不谢。"

差不多是时候分别了。玄荆并未忘记自己的除妖使命。

【二】

小驴车又走了一天一夜后终于来到了香百镇，这镇子不大但该有的铺子都有，可谓麻雀虽小五脏俱全，玄荆补充了一些干粮、药品、替换衣物。
临上车前路过一处卖首饰的铺子，他鬼使神差地走了进去，看了一圈黄金玉器从耳环到戒指全都做工繁复又气质浮华，直到他见了一只羊脂玉镯子，比天山上积了一夜的雪更洁白，孤零零地躺在单独为它开辟的案台上。
这样冰凉孤傲却纯净无瑕的模样使他立刻联想到了冰雀，只是这件宝贝被掌柜的当镇店之宝喊了高价，他身上没那么多银两又不甘心，最后竟把他的心爱之物——师父在他下山前赠予的一块椭圆形祖母绿宝石镶金腰佩——拿来与店家交换。
出了店门，他自感有愧于师父情谊而面有羞惭，但又禁不住去想象怀中这镯子戴在冰雀那细弱洁白的手腕子上是有多么地合适。

出了镇子后，又赶了半天路终于见到被绿荫围绕的一片浮在湖面上的青葱岛屿。这时绵延数日的毛毛细雨终于停了，湛蓝如洗的天边浮现了一道清晰的彩虹，恰巧连接玉岛的两端似要将它提起来带到天上去。

玄荆收了伞，他脖颈后的发带被带着水草气息的清风扬起，嘴角也像被风吹得勾起来，发自肺腑地感叹道："真是好地方。"

来到一座临时搭起来与玉岛相接的小木桥边，驴车在玄荆的控制下止住了脚步，他下了车后对从车厢里钻出来的冰雀抬起手，她迟疑了一瞬才把手放进他手里，下了车后便松开了。

"冰雀！"在她要上桥时，他叫住她，见她回头时被风轻柔地抚过她的裙角和长发，他竟有些伤感。见他呆住不说话，冰雀歪了头轻轻颦眉似在问："何事？"他才忙不迭拿出镯子，店家说这宝贝有个很好听的名字，而他只想管它叫"冰雀"。

"我就不与你上岛了，这是……"他以手指摩挲着玉镯凉如水的表面，在犹豫以什么理由请她收下这份礼物，平时坦荡大方的他此刻竟不敢抬头看她的眼睛，话语也显得吞吐，"你与我至此一别之后，恐怕不再有机会相见了，好歹'师徒'一场又有缘一路风雨同行，且当一件纪念，还请收下。"

他递来，冰雀没有接，只是说："百里公子，出了西鳞楼后我就没有戴首饰的习惯了……"话到一半，她可能意识到自己语气淡漠过了头，便缓和了许多柔声道谢，"其实你为我疗伤，又将我一路平安送来玉岛，该是我对你千恩万谢才是，怎能再倒过来收下你这份如此贵重的礼物呢？"

情急之下从来不会说谎的玄荆为了说服她顺手捏出一个缘由，他抬起脸镇定自若地微笑解释："其实说来有趣，这只镯子是在我与你相识之前就碰巧得到的，它名为'冰雀'，所以在得知你名字时我还小小惊叹了一下，当时就想你该是它的主人。"——说开了一个实在叫人起疑的头后，他只能硬着头皮编下去，希望动之以情晓之以理地打动她——"过去已被大火覆灭，现在的你焕然一新，这小小物件就当庆贺你摆脱过去重获新生的贺礼吧。"

他见听了这番胡说的冰雀瞧着镯子的眼神中平添了几分感情，心底松了口气的同时故作随意地往她手中一塞道："你不觉得命里注定这只'冰雀'就该属于此时此刻的你吗？"

女孩子家本就难以抗拒如此美丽的饰物，再加上一番命运之说，经历了大起大落、死里逃生的冰雀的确有些动了心。

"拿着吧，这种女孩子的东西，我一个男人拿着也没什么用，怪奇怪的。"

"既如此……冰雀谢过百里公子。"

她不再推辞，使他脸上的笑意不自知地加深了。

"冰雀！是冰雀！"岛上有姑娘远远认出了冰雀，她站在原地对身边一人吩咐，"快！快去告诉喻雪和灵栩。"然后自己就和其余人边使劲挥着手边跑过来，立刻把冰雀围住了，叽叽喳喳地问她，"那天夜里集合时怎么没见到你人？为何到得这么晚？来的路上是不是出了什么事儿？就你一人吗？琴无琴呢？……"

她们探身往后看，见了长身而立、风度翩翩的玄荆，顿时噤了声，其中一个调皮的姑娘率先大呼小叫起来："哇，美男子！冰雀带男人回来啦！"

"玺儿！别胡说。"冰雀做出凶相以手指戳对方肚子，玺儿立刻与姑娘们嘻嘻哈哈抱成一团，她尴尬地转过脸冲玄荆抱歉地点点头。

玄荆回以没关系的笑容，见她与故人重逢后整个人紧绷的状态总算放松下来，他也放心了。

好不容易在冰雀冷若寒霜的脸上能见着一丝云开雾散的灿烂，直到她见到灵栩推着坐在轮椅上的喻雪过来时，那散发出微光的神色又立刻暗淡，搅得玄荆心中也跟着一沉。

喻雪与冰雀虽是姐妹却长得不太相似，她看起来要成熟一些，柳眉长眼、温婉端庄。她见了完好无损的妹妹激动得双手掩着嘴，眼眶中泪光闪动。她开口说话的嗓音倒是与自己的妹妹有些相像，只是每个吐字显得更柔和亲切，不似冰雀那般如冰坚硬："冰雀，见到你平安无事真是太好了！我好想你……"

"姐姐！"冰雀扑过去摸到喻雪大腿以下的裙中空荡荡的，她震怒悲痛地瞪大了眼。

"是老早以前的事了……"喻雪不以为意地摇了摇头，怜爱地轻抚妹妹的头发。

在喻雪、冰雀这对姐妹被分别卖去北杏园和西鳞楼后，俩人就再没见过面。喻雪挂念妹妹一再试图逃跑都被狎司捉住，最后歹毒的老鸨断了她双腿使她再也跑不了，若不是还想着与妹妹重逢，受尽磨难的喻雪早已了断了自己。

因为她不想冰雀担心，所以委托一些善良的客人为姐妹之间通风报信时，她都反复强调不要提及自己的惨况，所以冰雀直到今日才了解到自己的姐姐受了什么折磨。

"那些畜生！"冰雀咬牙红眼，切齿痛恨地说，"我要将他们抽筋拔骨。"

"他们已经在大火之夜，死于那些助我们逃跑的黑衣杀手刀下……"喻雪拍拍冰雀的手背，仍像小时候般轻声哄她，"好雀儿，从今日起我们姐妹终于迎来新生了，以后要永远在一起，开开心心地过日子。好吗？"

冰雀抹去眼泪乖顺地点点头。

这时将玄荆团团围住的姑娘们冲喻雪和灵栩笑得叮铃作响地招呼："喻雪！灵栩！你们快来看冰雀妹妹带回来的俊俏哥哥呀。"

"哎！"冰雀听闻生气地隔空对她们做弹额头动作，灵栩没有理会她的阻挠，留下她在原地推着喻雪就跑过去凑起热闹。

都是青楼出来的姑娘，各个大胆豪放得很，玄荆被她们围在中间上下其手，他没见过这般阵势，脸上一阵红一阵白，气又气不得笑又笑不出的，只能惶恐地拦截她们在身上四处游走的手，温和劝阻："姑娘，别闹，请不要闹了。"

"你们就放过这位公子吧，这光天化日的——"灵栩过来挥开她们为玄荆解围，但她嘴中调笑却更叫他不知所措，"又没到饭点，瞧你们一个个如狼似虎要吃了他的样子。羞不羞！"

这话一出口，姑娘们又哄笑出声，但让出了一大圈空地，使得玄荆终于能畅快呼吸。

"好了，灵栩你也别逗公子了，人家该被你们吓跑了。"喻雪笑着摇摇头，在灵栩的帮助下坐在木质轮椅上靠近玄荆。冰雀已经简单介绍了他是自己的救命恩人，所以喻雪不着痕迹地打量了一番就真挚地表达了谢意，"妹妹的恩公真是一表人才。请问公子姓名？冰雀是我生命中最重要也是唯一仅剩的亲人，小女若是双腿完好定要站起来再郑重跪谢公子。"

"姑娘多礼了。在下百里玄荆。"玄荆听了，连忙拱手回道，"在下有幸遇到冰雀，既略懂一些医术又有救助的本领，怎能见死不救？换做别人也会出手相助的。更何况，冰雀她是这么好的……"意识到自己一时嘴快说得多了，他突兀地将后半句话咽了回去，却已经叫在场这些姐姐妹妹明了了他的心意，纷纷掩嘴偷笑起来。

喻雪比冰雀虽只年长两岁，但她一直以长辈自居，见玄荆仪表堂堂又知书达理，她很是喜欢冰雀身边有个这样可靠的人，便热情邀请他上岛一起用餐，"恩公晚上想吃些什么？喝酒么？有什么需要不妨直说，我们这就差人去买。"

"喻雪姑娘的好意，在下心领了。我还有要事在身，这就要启程离去。"

"那怎么能够！"喻雪惊叹道，"恩公救了冰雀一命，我们却连一顿家宴也不能回报？还想请您在岛上多住几日，叫我们这些冰雀的家里人有代她好生感谢恩公的机会。"

"就是嘛！"玺儿和别的姑娘们也开始起哄，她们软绵绵的身子又要攀到玄荆身上来，有的抱着他的胳膊，有的玩弄他脑后长长的束发带，有的拿走了他的伞，有的已经开始牵着驴车要往桥上走。

"哎，姑娘们！别！请……"玄荆一时无措，不知该先阻止哪一位的调皮捣蛋，茫然地举着双手，在众人嬉笑着散开时，他从空隙中见到独自站在湖边的冰雀。

着孔雀蓝衣衫的她侧身而立，粼粼的碧绿湖光为她的裙摆镀上了一层忽闪忽闪的渐变光晕，使她好像一株从水面探出的浅紫蓝色鸢尾。

她正将起袖子露出一截粉白的手臂，将羊脂玉镯子戴上手腕，许是姐姐喻雪"重获新生"的说辞与玄荆的话不谋而合，她盯着对自己独具含义的手镯露出了释然的微笑。

阳光与彩虹的光亮和色彩落在轻轻荡漾的湖面上，形成了一片耀眼夺目的绚烂星光，在玄荆眼中，这些绝美光景全数沦为了她此刻笑颜的陪衬。

喻雪注意到玄荆看向冰雀时出神的目光，她轻咳两声请他回过神来，看着他有些局促的神色笑着恳求："实际上，我们也是刚登岛不久，全是手无缚鸡之力的女人，正是需要男人帮手的时期。恩公可否好人做到底？就逗留几日，助我们一臂之力呢？"

"这样……"玄荆重又抬头，见到他精心挑选的镯子在冰雀纤细腕子上泛着一颗颗细碎光点——想到能与她再相处几日——终于情难自抑地妥协，"好吧。"

【三】

上了岛后，玄荆才明白喻雪所言非虚。玉岛隐蔽于闹市之外鲜有人知，所以岛上空空如也除了花草树木之外一座建筑也没有，更是找不到一丝曾有人生活过的痕迹。刚登岛的大家只好购买许多帐篷留下一些人建设玉岛，一些人住在镇上的客栈负责往返运送物资。

大户人家出身或是读过些书的人如喻雪、灵栩她们，知道得请专业的木工设计图纸上岛修建宅院楼宇，但她们面对具体流程有些无从下手，好在对琴无琴死心塌地的牧贵雄为了追寻她而赶来与众人汇合，全程参与了与工人们的交流谈判，作为生意人的他为不谙此道的姑娘们省去了许多琐碎麻烦。

灵栩推着喻雪走在前面——为刚来的冰雀和玄荆介绍岛上的规划，他们眼前是一片烟尘弥漫的忙碌景象，搬着木材穿梭其间的工人们头上都扎着吸汗的毛巾，赤裸着满是汗水的上身。

"我们把岛中央的空地保留了下来，等琴无琴来了再决定要修建什么，看是主楼或是……"灵栩认真地幻想着未来，语气听来很是向往，"或是做什么营生，毕竟我们现在虽有不少钱财，但总不能坐吃山空，得考虑怎么延续未来的生活。"

玄荆见到一排排搭起来的矮楼木架子，和一些已近乎完工的建筑屋顶上有工人正在铺砖瓦。

他们穿过这一带后，扬尘渐少，工人身影也少了，一些姑娘坐在石桌边忙着一些简单的手工活，比如为雕花窗框上漆之类，她们身后是一座座拔地而起的小木楼，露台上有人正倚着围栏聊天，还有一些衣裳晾在窗外。

"这一带已经收工了，我们这些人暂且住了进去。"喻雪解释，指着其中一栋独门独院的小宅对玄荆说，"这里面是空的，但已摆上了一些最基本的家具，恩公就住这儿吧，因为现在居点比较集中，周边环境可能会有些嘈杂，还请见谅。"

"哪里哪里，已经比在下平日睡在树上好太多了。"玄荆谢过喻雪，"看来眼下情况或许真有我帮得上忙的地方，还请随意差遣。"

"你谁啊？你若是想来赢得姐姐妹妹们的芳心那你来得太迟了！这位俊俏小哥。这儿有我这一个顶天立地的男子汉镇场子就足够了！"

玄荆奇怪地循着阴阳怪气的声音回过头去看来人是谁时，喻雪和灵栩已经率先笑出了声。

一个穿着鲜艳得夸张的女装，脸上浓妆艳抹地点着两团胭脂红的小个子男人，双手抱拳地站在玄荆面前，趾高气扬地伸长脖子瞪着比自己高出一截的他。

"牧贵雄……"冰雀瞠目结舌地问，"你这是什么打扮？"

他见了冰雀，翻脸比翻书还快地嬉皮笑脸道："冰雀妹妹，许久不见你怎么又变得更美了？我好想你啊！"说着，就要扑上来。

玄荆抽出腰间的竹笛，修长手指将其转了一圈打横握在手中，伸手拦在牧贵雄与冰雀之间，脸上笑盈盈的，显得整个行云流水的优雅动作并不针对任何人。

牧贵雄无视玄荆，对冰雀解释他的装扮，"灵栩玺儿她们说在这岛上居住的只能有女人，不能有男人，非要小雄穿成这样才能在岛上过夜。"他说话时候摇头晃脑的，一对招风耳特别引人注目。话及此，他看向玄荆打起了坏主意，"嘿嘿，这位爷也要住在这座香粉扑鼻的女儿岛上？小雄这儿可巧有适合你这大块头的裙子哟。"

灵栩和喻雪听了虽然嗔怪牧贵雄不要胡闹，但又禁不住捂嘴笑。

冰雀回过脸来瞧着无语的玄荆，沉默了一阵后，这张冷冰冰的脸上竟浮现了憋不住笑的生动表情，她似乎妄自在脑内想象了一番什么，继而"噗！"地笑了出来。

玄荆见到一瞬之间，光冲破了云层斜穿而透了冰面，淡粉色的小野花如离离原上草般疯长出来，铺天盖地地形成了一片柔软的海洋。

他庆幸自己留了下来。

【四】

在岛上的日子一晃就过去了两月有余，没想到玄荆日渐无法离开这儿，已经不再只是单纯地为与冰雀多相处几日，而是他莫名其妙又顺理成章地成为了大家依赖的"师父"。

事情起因是：可能经由进出玉岛的工人之口——使镇上一些地痞混混知道了有这么一座岛上没有男人，全是守着些金银珠宝的年轻姑娘——这对他们来说简直就像是没上锁的宝箱般诱人。

因为没人镇守在桥边，所以直到这一伙拿着武器的男人闯空门般浩浩荡荡地登岛后才被人察觉，引起了巨大恐慌。玄荆是被姑娘们的尖叫声引去的，他目睹有些急不可待的流氓已经就地推倒了女人骑在她们身上嚣张狂笑，顿时也顾不上细究这混乱场面是怎么形成的，飞身上去就把人一脚踹开。

"百里！"冰雀也赶到了，她的声线愤怒急切，"把这些人赶出去！"

他见她没有武器，手中还抓着练武用的木剑就冲进一大堆红了眼的男人中间，立马也急了，连忙一步抢上去喊："冰雀！让我来。"

玄荆杀到人群中挥起拳脚来的姿势动作流畅悠扬得像是在进行又一次每日例行习武而已，一套套招式耍得太过漂亮看起来毫无杀气，可是打在恶人身上却是拳拳到肉，效果实实在在。在一片"呜呜啊啊"的哀号中，冰雀拾起一个倒地不起的人身边的铁剑，扔给玄荆。

有剑在手，玄荆更能速战速决，但他以逆刃出击尽可能不夺人性命，混混们被他的剑逼得节节败退，纷纷抱头鼠窜。不自量力想继续与玄荆缠斗的被他踢到了湖中，呛了几口水后算是清楚了实力悬殊，骂骂咧咧地朝岸上游去。

"百里！"

听到冰雀在叫自己——她只有在情急下会叫他"百里"——玄荆立即回过头去，见她边往一片灌木丛中冲边向自己招手。

玄荆跟上去后就看见冰雀举起木剑朝地上劈过去吼道："畜生滚开！"

一个面目可憎的男人应声滚了几滚从过膝高的草丛里站了起来，他一手还抓着一把匕首。

"玺儿！"冰雀弯腰把衣衫不整正哭哭啼啼的玺儿从草丛中拉了起来。

玺儿是从西鳞楼里逃来岛上的年纪最小、性子又最皮的姑娘，因为曾经足不出楼、与世隔绝，所以获得自由后的她整日待在岛边桥头像个好奇的小娃娃般左顾右盼，看什么都新鲜，常常偷溜去镇上玩耍一天两天不见人影。

见到心性单纯的她遭到坏人如此对待，冰雀感到满腔怒火快把自己像干草垛般燃烧起来，她一手搂紧了玺儿，一手举剑指着男人。

对方看着她手中拿的木剑露出了轻蔑笑容，在嘴中不干不净地叫着扑过来时，被玄荆一掌打飞了出去。

冰雀见男人根本不是玄荆对手，被他制得死死的，手中的武器也被踢飞到一边，她才垂下手，抱紧了浑身沾满草叶的玺儿，对玄荆道："百里！杀了他。"

玄荆一脚踏在男人肩上按住他不断试图站起来的身体，耳中听见了冰雀的喝声，脸上露出了犹豫神色。

"百里！"冰雀见他不动，又一次咬紧牙一字一顿地说，"杀、了、他。"

玄荆皱紧眉头，被他制住的男人见他面上神情挣扎以为自己小命难保，哭着求起饶来。

最后在冰雀怒意难平的双眼注视下，艰难作出选择的玄荆闭眼咬牙一挥剑，削下了男人右手的手掌，对他说："滚吧。"

没了右手的男人抱着血流如注的手臂连滚带爬地朝桥跑去。

玄荆转过身语气略显愧疚地对冰雀说："他应该再也不会作恶了。"

冰雀若不是被怀中受到惊吓的玺儿死死抱着，她真可能会冲过去照着男人的后背补上一剑。显然对这个结果并不满意的她冷笑一声道："你又怎么知道？恶人会作恶全因为生着一颗恶心，你废了他的手，又没掏了他的心。"话音一转，她又开始叫他"公子"，这是摆明了要与他拉开心间距离，"百里公子，莫以君子之心度小人之腹。这世上丑恶的事情远远超过你所能见。"

一时无语也无力反驳的玄荆看着冰雀轻声安慰着玺儿远去的背影，禁不住苦笑。

他是从百多年前的战场逃出生天的战俘，比风声更如雷贯耳的战鼓声号角声嘶吼声刀剑对撞声，听见的是鬼哭狼嚎、看见的是尸横遍野，玄荆打过胜仗，也打过要躲在尸体下侥幸求活的败仗，无论胜负，总是满目疮痍，百年过去，记忆犹新。

风中的气味，刀刃割开皮肉时轻巧又沉闷的撕裂声，迫不得已夺走比自己年轻的、比自己年老的陌生人的生命时，胸口被溅上他人的热血而胸腔中空空如也的感触，这些他都记得。

人之恶，血之黑。玄荆当然懂得，比世上许多人更清楚。

正因为如此，他希望这些恶之花永远远离冰雀——她的过去血迹斑斑，但她是无罪的，她的身体旧伤重重，但她是干净的，她的心裂痕难补，但她是善良的——

玄荆看着自己染血的剑，他在天山拜师时曾发誓洗心革面，从此再不取人性命，却恐怕再有迫不得已时，他就要破誓了，为了冰雀。

罢了。本就是染过人血的手——玄荆心中暗自萌生了另一个想要坚守的立誓，她究竟与他不一样——他要守护她的不一样。

【五】

这一次骚动过后，众人吸取了教训在桥头和玉岛四面边缘修建了哨塔，能俯瞰周边环境以防有歹心恶人通过桥面和船只来犯，姑娘们轮流值班站岗——做到这个地步还是不够——冰雀认为岛上全是女人，这对坏人起不到震慑作用，如果聘请男性守卫那又无异于放狼入羊圈，于是她从镇上铁匠那里定做了许多称手的轻薄长剑短剑与弓箭等适合女性的兵器，每人分上一套。

玄荆受冰雀所托向姑娘们传授剑法，但他碍于自己天山弟子身份，不能直白地收受如此人数众多的徒弟。既然他早已将天山武学中全套的剑法授予了冰雀，俩人商议后决定表面上就由她作为姑娘们的名誉师父，而他在一边作辅助指导。

耍剑无关内力修为，只要日复一日坚持练习就能掌握精进，最终达到可防身亦可迎敌的目的。

直到足以容纳下所有人的居所终于修好，练剑的广场也占了好大一块平地，周边还有一排排用作弓箭练习的靶子，接下来还需修建什么又如何规划，冰雀与姐姐她们要从长计议。自此，如工人之类外人们的身影逐渐从岛上消失。

玉岛上的生活开始变得井井有条起来。

除了极少一部分年纪稍大或是身体有恙的女人之外，大部分姑娘都是正值精力旺盛期的年轻人，在冰雀的严格要求下，她们每日早起习武，午后习琴与歌舞，日落后随意活动，有必要出入玉岛时提出申请，必须三人以上成行以保证安全。

虽然曾经尊严扫地又被老鸨和狎司们压迫，但姑娘们在青楼中过的毕竟是懒散成性的日子，一时习惯不了这按部就班的生活，渐渐就开始因为筋骨疲惫不堪而抱怨冰雀苛刻。

她们很快就通过一场措手不及的苦战了解到了冰雀的良苦用心。

第十二章

渐灼

【一】

最初是哨塔上悠闲聊天的两个姑娘发现了形迹可疑的一大帮人骑着马由远及近，她们一时慌乱忘记了平时实战练习所学的东西，错过了以弓箭防御的最佳时机跑去通知冰雀和玄荆，直问："怎么办？"

"怎么办？你跑来问我时别人已经过了桥来大开杀戒了！"勃然大怒的冰雀叫她们立刻滚回哨塔按平日所学组织弓箭手首先进行警告，得不到回应就进行第一轮乱射。她转头对灵栩道："你快去指挥，我与百里带人迎敌。"

灵栩立即组织了两队持弓人马共二十人上了两座哨塔，她冲塔下人马大喝："站住！休得再近一步！"见对方没有止步，挥手示意射出第一道恐吓箭，箭头直落到桥头位置作出警示，那些人依旧向前，灵栩于是下令乱射——若是能精准到一箭一个更好，只是弓手们还未成气候——一片片箭雨落下后，倒也有几个人应声落马，只是有许多人已经下了马从桥面冲过来。

灵栩认出来其中几人，原来是上次那拨混混心有不甘又带了更多人手卷土重来，她转身敲响皮鼓，咚咚咚的急促鼓声给岛上所有人发出警告：有敌人入侵！

冰雀和玄荆刚好带领五十名持剑少女赶到——这已是岛上近半数人口——能端起武器的战力几乎倾巢出动，与对手人数相当，好在我方这边有以一当百的玄荆，但冰雀却拦住了他，以眼神示意：让姑娘们去打，须让她们切身体会耍刀弄剑不是儿戏，临到危急时刻你再出手相助。

"可是……"玄荆犹疑。

冰雀态度坚决，"总有一日你会离开，我们必须学会保护自己和我们爱的人。"

她须叫心中尚怀天真的女人们知道，在这世上，她们除了自己，是依赖不了任何男人的，要打破她们最后一丝妄想，就要叫她们面对现实残酷。

"姐妹们！莫要慌乱，摆入瓮阵！"冰雀挥剑指挥，留下玄荆，独自领着众人将敌方团团围困。

她们组成错落有致的圆环，将敌人困在有限的范围中限制他们的行动，迫使对方只能以最外围的人手与她们最强有力的内圈持剑者对决。这个经玄荆与冰雀研究出来的阵型妙在：当我方内圈者战到力疲或是受伤时，立刻退下使后一圈者顶上，如此循环渐进，叫敌人每一回合都只能面对体力鼎盛的对手。

虽然在平日的练习中，大家已熟稔了这个阵型，但真到要动起真格，起初一两回合还算顺利，渐渐就有些自乱阵脚，毕竟面对的不再是自家娇小体格的姐妹们心中有数的排演，而是身强力壮、残暴无情的男人们。

终于，从最初就有些硬撑的姑娘们哭起来，更有甚者临阵逃退。

由冰雀领头的一群剑术高超者一直在最内圈的位置没有换下来，但她们未能得到更多支援而愈加显出势单力薄的劣势，眼见阵型已散得不成样子，伤者也在急速增加，她知道是时候向百里求援了，只一个眼神扫过去，早已心急如焚的玄荆立刻飞来救场。

　　不消一会儿，玄荆与冰雀站立的位置四周便横躺了许多捂着伤处哼哼的败犬，身上有致命伤的皆出自冰雀之手，而那些四肢部位受创的则来自手下留情的玄荆。

　　玄荆眼看着腹部被一剑击穿正侧卧在地痛苦喘息的男人，对冰雀感叹道："你……已经出师了。"

　　曾有过几次迎敌经验但总被玄荆所阻，如今真正意义上初战告捷的冰雀气息紊乱，手中剑尖笔直指着地面，似乎再提不起一丝力气举起来，但好强如她还是故作体力充沛地挺直腰杆对他说："而你一颗仁心不改。"

　　玄荆知道她意有所指——循着她的视线瞧过去，当初被他斩去右手而放过一马的男人正屈身瞪着这边，他大腿受了重伤——很显然这一次的袭击是由他组织，集结了比上次更多的人马前来复仇。

　　玄荆环视周遭或是血染裙裾、或是满目怒火、或是惊惧哭泣的姑娘们，他直懊恼得舌根发麻，若是早日如冰雀所愿结果了这个男人，今日眼下一切便不会发生。

　　不需冰雀再多授意，他额上青筋暴起地一剑刺穿了还未及开口求饶的男人，再反身回来一个又一个地了结了数条人命，喷涌而出的鲜血飞溅上他清秀文俊的脸庞。

　　眼看着身沾热血的玄荆面色愈来愈冰凉，双眼中曾如清泉颤动的波光亦渐化作一潭死水，自认早已麻木不仁的冰雀竟有些不忍，她走上前去轻轻握住他持剑的手，直视他涣散的眼神沉默示意：可以了。够了。

　　转而看向哭哭啼啼又意志消沉的众人，向来淡漠的她对姐妹们声线激昂地大声道："今日，就是我们的人生分水岭。姐妹们，我们自幼相识、同舟共济、相依为命、血浓于水！我们被男人们压迫、奴役，我们俯下身子靠他们的施舍，毫无尊严地活着！我们都有过去，我们没有秘密，我们知道我、灵栩、玺儿以及你自己和许多姐妹尚且年幼时就身陷魔窟，知道喻雪是为何失去双腿，知道有许多人莫名惨死！我们经历过不尽相同的苦难！但我们的现在、我们的将来——无论风雨日照，将由我们自己决定！——靠我们的双手、我们的双腿、遵照我们的心，不再向任何人摇尾乞食，是要粗茶淡饭还是锦衣玉食，不再依靠任何人，全凭我们自己去挣，自己决定！"

她突然的爆发让现场即刻寂寥无声，所有少女一洗面上忧容，神色振奋地凝视着她。

"该死的男人们总是轻看我们，无论何时何地，他们见了我们一众女人——即使我们人多势众、团结一心，他们仍企图骑在我们头上作威作福！就让女人们来告诉他们今时不同往日——"冰雀高举手中长剑，直指天际，"让我们以他们的血洗涤耻辱的过去！重获新生！姐妹同心，其利断金！"

受到她鼓舞的少女们不再哀怨，纷纷振作起来转瞬由弱兔化作蛇蝎，以手中武器冷酷无情地结了敌人们残喘的生命，当她们意识到原来彪悍凶残的壮汉也可以如此轻易地死于自己锋利的剑下——男人们的血染红了她们的眼，灌溉了她们长久以来苍凉无助的心——在冰雀的领导下了解到自己的力量并非蝼蚁的少女们，终于成长为能独当一面的女人，她们细弱的手臂如战士一般挥起血槽蓄满的利剑，齐声高喝："姐妹同心！其利断金！"

面对血脉贲张的大家，冰雀脸上却始终波澜平静，叫玄荆看得被心中钻出的幽蓝色冷火滚遍了通体皮肤，他伸手去握住了她的手，她似乎无知无觉，才没有躲开。

【二】

经此一役后，冰雀等人再次加强了岛上防御并从伤者身上意识到一个新问题的诞生：生老病死——她们需要大夫——因此，不擅武学的姑娘们便跟在玄荆身边开始由简入深地研习医术，以应对未来的风云变化。

无琴岛之名，因不足百人的女性合力剿灭了结队来犯的武装歹徒的事迹而声名远播，享受了一段漫长而平和宁静的日子。直到许多全国各地颠沛流离、穷途末路的女人闻名而来，她们在桥头双膝跪地一步一磕头地苦苦哀求入岛定居，愿做牛做马以回报恩德。

面对孤苦伶仃或遭歹人迫害的她们，被姐妹们视为头领人物的冰雀自然不会拒绝，况且岛上也急需增加人手以满足和平衡各方面的需要。

今日，也有人敲门进来向冰雀报告："外出添购物资的姐妹以信鸽来报，似乎又有一队前来求援的女人们正穿过镇子往这边过来。"

冰雀正头疼于被牧贵雄纠缠追问琴无琴的行踪，她挥挥手回道："嗯，以后这些事不需要一一向我汇报，你去找灵栩或喻雪，请她们安排即可。"

来人迟疑了一下，恭敬地退出房去，她年纪比冰雀要长，眼神里对她却全是崇拜之情，现在冰雀已是岛上众人的精神信仰，百鸟之首。

"冰雀妹妹现在是名正言顺的岛主了。"以大半个身子懒洋洋趴在桌上的牧贵雄调侃冰雀。

"没有的事。若是真有岛主一说……"冰雀垂手轻抚身前的玉玲珑，这是当初琴无琴遗留在玄荆车中的琴，她闲暇中时不时就会弹上一会儿。她似在自言自语地低声说："必须是琴无琴，我在等她。"

只是听到这个名字，牧贵雄就直起腰来，双眼炯炯地一字一顿道："小雄也在等她。"

把"玉岛"改名成"无琴岛"就是牧贵雄的主意。玉岛是周边百姓为图方便随口叫起来的代称，既然从此往后冰雀等人要长居于此，他就提议在入岛处立起一座上刻"无琴岛"的石碑正式命名。

因为冰雀首肯，所以无人反对，到底眼下这一切自由自在的日子，归根结底是琴无琴为大家赢来的，虽然从北杏园出逃的喻雪她们还没见过这位带领青楼姐妹们奋起反抗的传奇花魁其真身模样。

"我已经差遣手下人在跑商时留神打探，只要有秦慕遥……哦，我的意思是说，因为无琴姑娘长得与秦慕遥相似，所以说只要见到有'秦慕遥'在何地现身的消息就立刻来通知我。"牧贵雄不死心地继续向冰雀套话，"妹妹还是不肯告诉我，你们为何分别，她的所谓要事到底是什么事儿？知道了她大概去往何方，哥哥我也好寻人哪！"

　　冰雀无视他的存在，在琴前坐下随意地弹奏起来。

　　"无琴岛上却有琴声日夜绵绵。"似被琴声引来的玄荆，站在冰雀身后以肯定的语气自问自答，"你很想她？或许你与她缘分已尽，不会再相见了。"
　　"她会来的。"冰雀双手按在琴面，悠扬旋律戛然而止，她侧脸冷声道，"她答应过我。"

　　"灵栩问你现在有空吗？"玄荆说明来意，"有男人要登岛求见。"

【三】

　　来者是一老一少两个男人，老的自称元治苦，说是有钱人家的厨子，但他穿着简洁的秋色布衣，手脚处皆有为便于行动利落而束紧的缚带，尤其腰间一把佩剑更使他看来像个老镖客，至于那位被他明显保护的十几岁少年，因为神情骄躁，身着华服，看来就像他的雇主。
　　少年名唤秦雪筝，坚称自己的姐姐秦慕遥就在无琴岛内。
　　在得到冰雀的许可后，灵栩等人领他入岛。

　　"牧贵雄！"秦雪筝一眼就认出来跟在冰雀身后出现的牧贵雄。
　　"秦少爷！"牧贵雄也指着他惊呼出声，这两人过去因商贸往来曾见过几面。
　　见了熟人，秦雪筝没来由地更肯定秦慕遥就身在这座岛中，他急迫地盯着牧贵雄问："你住在这里？你见过我姐，她是不是也在这儿？快叫她出来见我！"

牧贵雄见秦雪筝双目充血圆睁、语气咄咄逼人，和过去认识的那个开朗小公子判若两人，他对他似有敌意的质问有些摸不着头脑地反问："你姐姐？秦慕遥？她不在这里啊，为什么她会在这里？"

"你少装蒜！"

秦雪筝握拳扬手似要动粗，不等冰雀他们反应，元治苦一把将他拦到身后，抱拳表示歉意地说："我家少主人近来遭遇人生变故，情绪起伏难控，还请海涵。"

这番话叫牧贵雄想起了秦府劫难，他退到冰雀身边向她简单介绍了一下事情缘由。

冰雀想起琴无琴的确同自己说过她和一个富家小姐长得非常相似，前因后果联系起来，她大体能猜到元治苦与秦雪筝为何会找上门来，大约是有坊间传言说有个貌似秦慕遥的女子曾身在西鳞楼内，大火之后，青楼幸存的女子们结伴聚集于此。

"元老前辈，你们恐怕误会了。"冰雀认为眼前老者是能对话说理的人，所以她无视秦雪筝只是礼貌周到地对元治苦温和解释，"我们之中确有一名姐妹容貌酷似你们口中提到的秦慕遥，但她名唤琴无琴，与你们要找的人毫无关系，千真万确。"

她的话给秦雪筝更多希望，他激动地插嘴道："姐姐为了躲避追杀可能使用化名，你不要再多废话，叫她出来与我们相见便知真假——"

元治苦未免局面紧张，忙制住秦雪筝对冰雀放低姿态恳求，"这位姑娘，我与少主这一路来遭人追杀，疲于奔波躲避，又无比挂心他的姐姐、我们的大小姐秦慕遥的安危，如今循着并无十全把握的市井传说好不容易找到这儿来，不见上那位琴无琴姑娘一面，实难心安……"

躲在冰雀身后的牧贵雄接话道："可是琴无琴不在岛上哇！"

"你们这样遮遮掩掩有何居心！"急于与姐姐重逢的秦雪筝怒吼着抽出自己腰间的长剑，剑鞘发出的一声"锃"音使得气氛瞬间变得箭拔弩张。

就在玄荆为保护冰雀而一步迈上前来要与秦雪筝对峙时，匆匆从远处跑来的玺儿向众人带来一份重要情报：有琴无琴的消息了！

【四】

琴无琴曾出现在东莲国接壤南雕国的边境，与一身份不明但武功高强的男子共同解救了正被一队奴隶贩子押送，欲越境后贩卖为奴的一群可怜女子。

正是这群被解救之后无处可去的女子为冰雀带来了琴无琴的消息。

为首的少女自称姓钟名芷心，面容生得清秀，眼神很是灵动，就像是又一个玺儿。钟芷心说她们是依琴无琴指引而来，冰雀听过后自然毫不犹疑地全数收留了她们。

玄荆料想琴无琴身边的男子必是恢复真身的颠世狐妖花昭锦。既然有了线索，他决定告别无琴岛去完成自己的除妖使命。甚是在意琴无琴的冰雀要求同行，玄荆想即便此刻拒绝，也阻止不了固执的她尾随其后或孤身寻踪——此去路途漫长——倒不如索性留在身边也好照顾她的安危。

要求同行的还有元治苦与秦雪筝，玄荆想他们的目的不过就为见上一面琴无琴，与花昭锦之间是没有瓜葛的，一起行动倒也不碍事，人多也安全。

痴恋琴无琴的牧贵雄当然也起哄要去，被冰雀冰锥般的视线从头到脚扫过一遍后就老实了。

一台驴车两匹马的队伍日夜兼程地赶路，四个人各怀心事，全不抱怨，恨不能连睡觉的时间也省去，睁眼就见到他们要找的人。

玄荆等人一路太平，直到接近常年荒无人烟的国境线后，随着渐入视野的焦土废墟，路匪流寇也开始轮番登场。好在一切都可以应付，叫玄荆和冰雀大感意料之外的是，声称自己是大户人家烧菜厨子的元治苦却有着一身过硬好功夫。

玄荆见他的一招一式刚健古朴，很是老派，总觉得有些眼熟，一时半会儿想不到是出自哪个门派，但他忍不住在心中度量，自己若是要与他单打独斗，恐怕会是一场苦战。再看秦雪筝挥剑杀敌的模样，想必是被元治苦精心教导过一番，但大约所学时日不足，仅仅是一副模仿到位的空架子。

他们与一批山贼交手之后，从败北对手口中打听到，在莲国与雕国交界处，确有神秘的红衣女子与黑衣男子骑着高头大马出没其间，他们有意徘徊于此似是为解救被奴隶贩子押送的女人们，被他们救下的人少说也已过百了。

见过的人都说女子貌胜仙女，男子俊得邪气，都不似凡人，因他们救人不求回报，仙魔侠侣的名声已传遍了附近的村落，又因他们喜着红裙黑衫，腰间常佩挂酒壶，民间以"绯玉沥""暗银倏"代称其人。

这描述愈想愈似琴无琴与花昭锦，玄荆摸出一枚只有拇指大小的铃铛戴在手腕上，向风中伸出手，却不见动静，他皱起眉，嘴中喃喃自语："颠世狐妖，竟把妖气藏得这么深……"——他或许比自己想的要更难对付——他另一只手摸了摸自己的剑柄。

冰雀面上看似沉着，但她端在胸口箍紧的拳头出卖了心绪。她声线微微发颤，"是琴无琴，一定是……"

玄荆知道琴无琴对她的意义，但眼见她为她如此动容，心中还是有些低落。他语气僵硬又似要安抚般地对她说："一定是他们，不要着急，会见到的。到时候，我捉我的妖，你领回你的琴无琴回岛上去好好过你们安稳的日子。我们……你和我，就可以正式道别了。"

冰雀看也没看他一眼，轻轻地回道："嗯，是啊。"

"呵。"玄荆以短暂的吐息当轻笑以应。

真想在你心中占有一席之地呵。他知道自己奢想，不求太多，一分半分也好。

【五】

现身了——

隔日午间，玄荆的身体感官终于接收到随风送来的妖气，而他腕上的寻妖铃也开始摇摇摆摆叮铃作响。是花昭锦！追了这许多年，他对他的妖气再熟悉不过。

他领着众人一路寻去，直到一座矮山脚下弃车前进。随着妖气越来越浓，他知道目标与自己之间的距离越来越近了，翻过山头后映入眼帘的是片广阔无垠的花海，粉黄紫红又生得高头直腰的野花交杂铺盖在碧绿浓密的草叶之上，在午后如火般惹眼的滚滚叠叠云层下，美得辉煌、艳似浓妆。

但是玄荆无心为美景叹服，他更在意扑面而来的花香中叫人心神难安的杀气，来自正处花海中腾空飞起时将花瓣碎叶卷起形成一波波小型风暴般的两个男人，他们拳脚来往、招招夺命，像两头獠牙怒张的猛兽般缠斗着。

他们一个黑衣一个红衣，玄荆因相距甚远有些看不分明，但他知道呛人妖气所指是其中的红衣少年。果然那位与狐妖之力抗衡的黑衣男子毕竟是个人类，虽武艺高强深厚，却渐渐处于下风。花昭锦周身的氛围因他自身妖气的不断释放而产生了扭曲，本该随风起舞的花瓣竟违反自然地悬浮于他身边的空中。

与此同时，又一道红色身影由远及近，是位身姿曼妙的少女，她的声音叫冰雀一听便知——是琴无琴！——她冲正打得难分难解的俩人尖叫："住手！别打了！"

"无琴！"冰雀情难自抑地叫出声来，一丝迟疑也没有地冲进花海，朝她跑去。

"冰雀——"——太危险了！那俩人拳脚无眼，万一被误伤——玄荆想阻止她，伸出手去只徒劳感受到她发尾的柔软发丝从自己指间滑落。他咬牙转而拔出剑也冲出去，对红衣少年大喝一声"花昭锦！"以吸引他的注意力。

花昭锦果然循声瞟来一眼，在见到来者何人时浑身轻微一震，竟不再留恋眼前战斗，转而抽身朝远处的丛林飞去。

　　来不及细想的玄荆，只能匆匆再看一眼冰雀愈渐缥缈的纤细背影，就飞身去追仿佛一道红色闪电般窜动在绿荫林间的狐妖花昭锦。

【六】

　　进入密林后，在树头上飞跃急追的玄荆紧迫地盯着前方身影，嘴中念念有词地咏唱着遏制妖力的咒语，使得花昭锦的动作不再那么轻盈如鸟，开始逐渐减速。

　　在树上继续飞驰太消耗妖力又过于明显暴露自己，花昭锦放弃空中奔逃一甩长袖落到地面，一双利爪"哗哗""啪啪"地切断了身边触手可及的枝叶，灌注上妖气使它们如锋利暗器般"唰唰唰"地射向身后逼近的追踪者。

　　挥舞长剑以凛冽剑气——破解"暗器"的玄荆眼看着就要追上花昭锦，他再三发出警告："颠世狐妖！不要再作无谓挣扎！束手就擒吧！我大可留你一条性命只将你打回原形——"

　　不惧威胁的花昭锦猛地刹住脚步，回身冲他发出嘶吼，白森森的獠牙十分刺目，但还是叫初见真容的玄荆不禁在心底叹服，不愧是能蛊惑人心的妖物，那容颜果然天下绝美。

　　在他稍一愣神间，对方双手插入地面竟掀起来一片如海涛般卷来的土墙，玄荆忙以数道弧形剑气劈开后见到花昭锦朝倾斜向上的坡面而去。

　　玄荆不敢松懈地继续谨慎追击，但因为脚下是斜面，花昭锦仍以一道道可以割破皮肤削落人头的妖气袭击他，在地面优势下，他所承受的挑战更为艰巨。

　　玄荆与花昭锦一个追一个逃，一路打打杀杀终于来到平地，寻常人就算径直登梯也要走上三天才能到的山顶，这俩人不知不觉间竟已靠一身功力轻巧抵达。

此时体力已透支许多又被玄荆以咒语压制妖力的花昭锦再无退路，终于挥起利爪与他正面硬碰硬斗起来。他空手去接迎面劈来的利刃，因为双臂有妖气防护坚硬如铁，"哐哐哐"地硬扛几剑，竟也不落下风。

　　玄荆见状，知道自己按与人类武斗的方式是决计拿不下这狐妖的，索性扔了长剑，掏出一把与腕上所佩一般大小的金银色小铃铛，往空中一抛，接着双手飞快地在胸前做出各种离合动作，嘴中喃喃飘出一串串如风铃般清脆却又如蚊音般听不分明的语句，像是山的另一边有人高声歌唱，在这一边的人却怎么也听不清楚词儿。

　　转瞬之间，玄荆的"歌声"竟形成了肉眼可见呈细丝状的电流，将悬浮于空中的铃铛们一个个串联起来织出了一张吱吱作响的网。

　　他并拢食指与中指像是当铃铛如有生命的驯兽般，指着花昭锦正气凛然地命令道："收妖！"

　　在玄荆头顶上只有一块手绢般大小的"网"旋即飞了出去，并不断扩张面积，最后化作了一张有地毯般大小的网落在花昭锦身上，看似轻如鸿毛的重量却把他仰面压倒在地，使他怎样挣扎也摆脱不得。

　　"捉到你了。"玄荆心思严密，即使眼见花昭锦已成败势，还是审慎地靠近他，看着已经放弃挣脱的花昭锦说，"从你夺走第一条无辜人命始便注定了今日结局，莫要怨我。"

　　花昭锦不服地吼道："死在老子手中的全是该死之人！"

　　玄荆自然不会听他狡辩，继续说："我不杀你，但要化你千年妖力，将你打回原形，从此你可以一只寻常狐狸的身份活下去，享寻常寿命，不再拥有人的智慧与情感……"

　　"你敢！"

　　"要知道，这已经是在下看在琴无琴与你之间的缘分，对你仁至义尽。"

　　"呵——"花昭锦突然一扫面上挫败阴郁，发出轻笑，"虽然不知对仙人是否奏效，但你总有七情六欲吧？姑且一试。"

"嗯？"

在玄荆不明所以时，花昭锦以他赤裸的脚底轻踏在他的小腿上。玄荆随即感到一股难以抗拒的暖流由低处涌向胸口，使他一时晕眩，再看双手撑坐在地上的花昭锦，实在是美得如梦似幻、媚态无双，能叫自古以来以貌闻名的女人们都要为之黯然。

这就是传说中的狐媚？玄荆知道狐妖的本事，对如此异象心里清楚得很。他镇定自若地微微一笑，以体内的半仙正气驱逐他狐媚之气的侵蚀。

他嘴角的轻蔑笑意激怒了自视甚高的花昭锦，他尖牙轻咬下唇，憋着一股气劲更全力地向玄荆施以狐媚，发了狠要迷他的魂。

玄荆知晓凭自己的修为足够应付，所以并不在意地端起手臂想看他还有什么花招，却见花昭锦的模样轮廓竟微微扭曲变化起来，愈看愈像冰雀！

没料想自己眼中的花昭锦竟会变成冰雀的模样，当连神色也十足与本人相似的"她"缓缓抬眼望他时，玄荆慌了神，直到"她"露出勾人媚笑，他即刻清醒过来，甚至勃然大怒，猛地抬脚将花昭锦踢出老远，撞在岩石上。

"——"浑身擦伤的花昭锦吃痛地翻身爬起来，本要破口大骂，却一愣神，因为见到被自己如何调戏也能心平气和的玄荆，竟涨红了脸和脖子——"哦？"他眯起眼，啐出一口血后，放浪地弓起身子嘲笑起来，"端出一副正人君子的假模假样，结果还不是情缘未断，红尘未了。说说看你心里有多少肮脏的邪念？或许本大爷能为你了却一桩欲想——哈哈哈！"

玄荆彻底被惹恼，即使面对狐妖也有几分心软的他，此时此刻散发的气质不再文雅敦厚，眼神中竟有些戾气。

"妖孽，果然不该饶你性命——"玄荆无心再多纠缠耽搁，抬起泛出清冷蓝光的手掌，边大喝一声"受死吧！"就毫不留情地劈下来。

"伪君子，狐媚拿不下你——"趁着对方弯腰之际，花昭锦垂死一搏地昂首迎上去，揪住他的衣领反而朝自己这边拽过来，"那这一招你吃不吃？"

话音刚落，他咬上玄荆的嘴唇，使出他对琴无琴与冰雀都用过的招式：移魂寄体！

"？！"玄荆来不及反应，他的眼仁就一瞬漆黑，青光散去的右手无力垂下，身体也不再受自己掌控，但他潜意识里知道自己要以正气抵挡妖狐灵魂的入侵，所以双瞳一会儿又恢复正常，一会儿又转为乌黑。在这样生死存亡一刻，花昭锦也丝毫不敢松懈地与他拼命。

正在玄荆不能完全驱逐攻击时，花昭锦身上的网也失去了效力，他并不放过玄荆的同时翻身站起来，推着他一路倒退。

两人的唇在玄荆抵抗下已经不再贴合，但一股散发着荧红光芒的魂力像是一座桥梁般架在他们微张的嘴间，花昭锦仍企图控制他的身体！

情势突然急转直下，玄荆自乱章法，等他半昏半迷间整理出头绪时，在花昭锦一路压推的力量下，他们已来到了万丈崖边。

花昭锦像是被逼急了的困兽般，竟不顾自身安危地猛力飞身一跃，与玄荆共同坠下崖去，仿佛要与他同归于尽，当他们的身体都悬在空中时，他解除了移魂寄体大法，放弃了对玄荆身体的操控。

四肢重获知觉的玄荆双手推在花昭锦肩上，在灌满耳朵的风声中冲他怒吼："你疯了！"

"真遗憾。"长发飞散开来的花昭锦冲他邪恶地龇牙一笑，"没疯。"

"——"耳边是"叽咕"一声的玄荆低头一看，花昭锦的手埋进了自己的腹部，等他抽出去后，他感到肚子上破了个被风肆意穿透的洞。

花昭锦接着一脚踏在玄荆身上将他踹下去，以借力使自己的身体腾空飞起，与此同时，一只长啸的大雕扑扇着翅膀飞来将他稳稳地接在后背上。

他冷漠垂眼看向仍在急速下坠的玄荆，轻吐一句："永别了，缘浅命薄的半仙。"

花载花背着花昭锦回到山头上空盘旋，等候主人发令去向何方。

他拍了拍它粗壮的后脖颈，指着方才与东方劫厮杀的花海方向说："好了，乖乖，让我们回头去把琴无琴从那家伙手里抢回……"话未说完，他嗅到了从南雕国土由风送来的一丝若有若无的熟悉气味，浑身为之一颤，猛地转过头去，望着无边风光久久震惊，半晌才怔怔地犹疑自语，"怎会的……慕遥……是慕遥？"

幕间曲

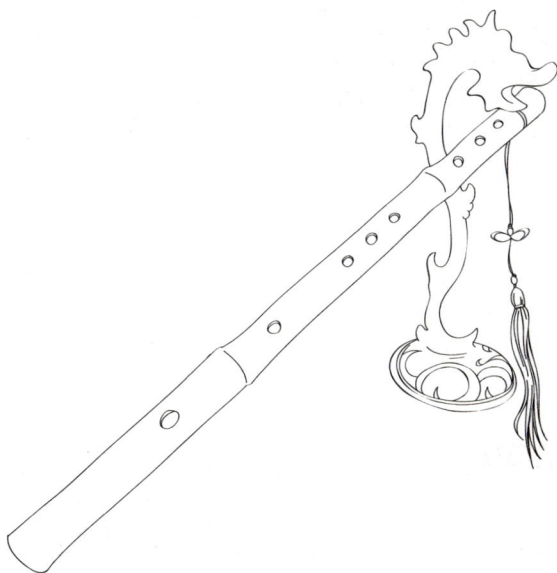

玄荆知道自己要死了。

　　将死的滋味于他来说并不陌生，百年前他从战场逃生之后，如同行尸走肉般漫无目的地游荡在天地之间，已算死过一次。

　　冥冥之中，他鬼使神差地以活死人之姿去攀天山，更是多次在途中精疲力竭地昏过去，早已不知在收命的地府门前来来去去了多少回。

　　死，不过是双眼之中再无颜色，双耳之中再无音响，双手双脚钝重地陷入泥泞——不过如此——他已经全无所谓。

　　毕竟他举目无亲，踽踽独行，心中无牵无挂，空空如也。

　　天山上的仙人对他说：命由天定不由己，是福是祸躲不过。正因为他已将生死置之度外，心如明镜般敞亮，才能结下仙缘，超脱于凡间。

可是为何？玄荆感受着死亡暗影由上空压下来，像是一座无形重物紧紧逼迫正在失控下坠的身体，竟会感到恐惧——不、不是惧意——是不甘。不甘心。

他向着碧蓝长空伸出手去，像是看见了冰雀的云袖裙裾，触不到她，再见不到，听不到，不甘心，好不甘心。

"冰雀，我……我对你……"玄荆更尽全力地伸长手臂，张开五指，他最后的喃喃自语被如潮如滔的风声覆盖吞没。

冰雀仿佛听到有人在拂过她耳边的风中轻唤她的名字，但她却并未停下脚步回身看一眼，因为琴无琴就站在她面前丰而绒又深而广的鲜艳海洋中。

她朝她跑去，以微微颤动的上扬音叫她："无琴！"

"冰雀？"琴无琴见了她现身于此很是惊讶，但她未迎向她，而是短暂一愣后朝东方劫跑去，她担心他是否被花昭锦所伤。

"姐姐！"秦雪筝终于找到了自己在这世上仅存唯一的亲人，他顿时热泪盈眶，却也同时见到自己的姐姐竟对与秦家有深仇大恨的东方劫关心有加，他拔出长剑怒指仇人以响彻云霄的嘶吼对琴无琴道，"姐姐！东方劫就是灭我秦府上下的杀人凶手！"

不单琴无琴，在场人全都被秦雪筝的声嘶力竭所撼，停止了动作。本是晴朗开阔的蔚蓝天际突然间被浓厚滚滚的巨大乌云所遮，方才还耀武扬威的阳光分崩离析，破碎而无力地试图穿刺阴云，最后有气无力地消沉入云。

"雪筝……"还未反应过来的琴无琴见到秦雪筝先是嘴角一抽，想笑——因为她没料到他还活着——又笑不出来，因为她还在回味他说的话，是什么意思？她脑袋里嗡嗡作响，僵硬地问，"你在说什么？"

"姐姐，为爹娘报仇！杀了他！"泪流满面的秦雪筝亦没料想到今日竟会同时见到至亲与至恨的人，他每一个字都吐得用力，牙关咬得咔咔作响，"杀！了！他！"

　　琴无琴看向东方劫，她与他之间的距离只需要跨上几步，一步，两步，三四步，他就在那儿，她这么多日以来所熟悉的他和他的臂弯与胸膛，只需要几步，她就能去他怀里。

　　好遥远……

　　又陌生……

　　她看着眼前的陌生人，她与他之间的距离，竟是千山万水。

　　远处的雷声踏着乌云轰轰烈烈地翻涌而来。

　　狂风暴雨将至。

（上部／完）

出版社／长江文艺出版社
出品／上海最世文化发展有限公司
官方网站／www.zuibook.com
平台支持／ZUI Factor

妄劫歌·轻雷

ZUI Book
CAST

作者／琉玄

出品人／郭敬明
选题出品／金丽红 黎波
项目统筹／阿亮 痕痕
责任编辑／赵萌
助理编辑／张明慧
特约编辑／小风
责任印制／张志杰

装帧设计／ZUI Factor www.zuifactor.com
设计师／曹欣
封面插画／蜉蝣
内页设计／曹欣

2013年10-11月上海最世文化发展有限公司畅销书排行榜
| TOP25 |

排名	书名	作者
1	小时代1.0折纸时代（修订本）	郭敬明
2	17	落落 主编
3	纯禽史：爱不作会死	叶阐
4	无边世界	hansey
5	巨灵系列	乔纳森·史特劳
6	躁动的，沉寂的	玻璃洋葱
7	幻城（2008年修订版）	郭敬明
8	小时代3.0刺金时代	郭敬明
9	悲伤逆流成河（新版）	郭敬明
10	夏至未至（2010年修订版）	郭敬明
11	小时代2.0虚铜时代	郭敬明
12	这些 都是你给我的爱	安东尼 echo
13	临界·爵迹Ⅱ	郭敬明
14	临界·爵迹Ⅰ	郭敬明
15	爵迹·燃魂书	郭敬明 等
16	西决	笛安
17	告别天堂	笛安
18	下一站·法国南部	郭敬明 等
19	东霓	笛安
20	下一站·伦敦	郭敬明 等
21	南音（上）	笛安
22	剑桥简明金庸武侠史	新垣平
23	天鹅·永夜	恒殊
24	下一站·台北	郭敬明 等
25	下一站·神奈川	郭敬明 等

ZUI
Zestful Unique Ideal